danger.com

@4//Le kidnappeur/

Dans la même collection

@1//Gemini7/

@2//Pluie de feu/

@3//La peur aux trousses/

@4//Le kidnappeur/

danger.com
@4//Le kidnappeur/

Jordan.Cray
Traduction: Louise.Durocher

 EH **Héritage jeunesse**

Données de catalogage avant publication (Canada)

Cray, Jordan

    Le kidnappeur

    (Danger.com ; no 4)
    Traduction de : Stalker.
    Pour les jeunes de 10 à 14 ans.

    ISBN 2-7625-1272-7

    I. Durocher, Louise, 1962- . II. Titre. III. Collection : Cray,
Jordan. Danger.com ; no 4.

PZ23.C74Ki 1998   j813'.54   C98-941068-4

Danger. com — @5// Stalker
Copyright © 1997 Jordan Cray
Publié par Aladdin Paperbacks

Version française
© Les éditions Héritage inc. 1999
Tous droits réservés

Illustration couverture © Copyright 1997 par Richard Waldrep
Conception graphique de la couverture : Michel Têtu
Mise en pages : Jean-Marc Gélineau

Dépôts légaux : 1er trimestre 1999
Bibliothèque nationale du Québec
Bibliothèque nationale du Canada

ISBN : 2-7625-1272-7   Imprimé au Canada

LES ÉDITIONS HÉRITAGE INC.
300, rue Arran, Saint-Lambert (Québec) J4R IK5
Téléphone : (514) 875-0327
Télécopieur : (450) 672-5448
Courriel : info@editionsheritage.com

Nous remercions le ministère du Patrimoine canadien pour son aide
financière.

//Prologue

Courrier électronique
À :   DANSLALUNE (Deva Winter)
DE :   FAN n° 1
DATE :   3 avril
OBJET :   Bonjour !

Vous êtes sans doute étonnée d'avoir de mes nouvelles, n'est-ce pas ? Vous avez de nouveau changé votre adresse de courrier électronique. Mais je sais tout sur vous. Je sais que Deva est une déesse de la lune en sanscrit. Vous l'avez mentionné dans un article de la revue Le Style. J'aime votre nouvelle adresse. Danslalune.

N'ayez pas peur, Deva. Je veux simplement être votre amie. Votre meilleure amie. Je sais que vous n'en n'avez pas. Vous vous rappelez cette interview que vous avez accordée au magazine Celebrity ? Vous disiez qu'il n'était pas facile de vous faire des amies parce que vous étiez une vedette de cinéma.

Je comprenais lorsque vous étiez fatiguée. Ou que vous deviez annuler. Je suis dans l'industrie du spectacle moi aussi. C'est-à-dire que je l'étais. J'en suis sortie car, Deva, ce milieu est difficile. Les gens peuvent dire tout ce qu'ils veulent sur vous, et vous devez tout supporter. C'est comme si vous étiez un morceau de viande; un jour, on vous range dans la catégorie A, puis si vous avez le malheur de prendre un kilo ou d'avoir un bouton sur le visage, vous n'êtes plus que de la pâtée pour les chiens.

Vous voyez à quel point je comprends? C'est ce que j'avais envie de vous dire au tribunal hier. Mais vous étiez entourée d'avocats. Vous aviez l'air si effrayée. Les avocats vous mentent, Deva. Ils vous disent que je suis dangereuse, mais ce n'est pas vrai. Il n'est pas nécessaire que l'on me « maîtrise ». J'aimerais prendre soin de vous.

Je voudrais simplement que nous soyons amies. Quel mal y a-t-il à ça? C'est pourquoi j'ai agi de la sorte. Je suis désolée que vous ayez été blessée. Ce n'était pas ma faute. Si vous n'aviez pas eu si peur, vous n'auriez pas été blessée.

Vous vous souvenez comment, dans le film Two of Hearts, Andrew s'est montré persévérant? Il savait que vous finiriez par l'aimer et c'est ce qui est arrivé! C'est mon film préféré, car il est si réel. Vous voyez, je sais que nous allons devenir amies. Moi aussi je serai persévérante.

J'attendrai le moment où vous serez seule, car ainsi, personne ne pourra se glisser entre nous.

Votre plus grande admiratrice

Courrier électronique
À: RAPnzl (Deva Winter)
DE: FAN n° 1
DATE: 10 mai
OBJET: Pour toujours

Les quelques nuits passées en prison n'ont pas été si effrayantes. Et votre avocat ne m'a pas fait peur, Deva. Vous ne le savez sans doute pas, mais il m'offre de l'argent pour que je quitte le pays. Et les policiers ont été très méchants aussi. Alors, j'ai décidé de partir. Je voulais vous dire au revoir. Pas adieu — je sais que nous serons les meilleures amies du monde un jour.

Si vous n'aviez pas eu peur et si vous n'aviez pas crié, tout ce serait bien passé. Je dois sans doute vous laisser un peu de temps. Je dois probablement vous prouver à quel point je sais prendre soin de mes amis.

Je m'en vais, Rapunzel. Vous voyez combien je vous connais ? Je sais que vous avez décidé de devenir comédienne lorsque vous avez joué le rôle de Rapunzel en deuxième année ! Vos adresses de courrier électronique sont si faciles à deviner.

Vous n'auriez pas dû me rejeter ainsi. Et vous n'auriez pas dû crier. À présent, je dois trouver quelqu'un d'autre. Une personne à protéger, dont je pourrai prendre soin. Comme je l'aurais fait avec vous. Alors vous verrez.

Mais ne soyez pas jalouse. Elle sera comme vous. Mais elle ne pourra jamais véritablement vous remplacer.

Votre plus grande admiratrice

Récupérer : a ://pasdevie.
(Journal de Mina Sterling Kurtz)
21 avril

Pourquoi une personne dont la vie n'a rien de passionnant décide-t-elle d'écrire un journal ? Comme si un jour, l'envie allait me prendre de relire mes mille et une complaintes sur la trigonométrie ou sur la vie étrange qui bat au cœur de l'infrastructure décadente de l'ancienne ville industrielle de Northeast — ma ville natale, autrefois appelée Mohawk Falls, dans le nord de l'État de New York.

Mais aujourd'hui, j'ai quelque chose à dire. Du moins, je le crois. Camy m'a téléphoné et m'a demandé si j'avais envie de l'accompagner au centre commercial cet après-midi. J'ai regardé le ciel, simplement pour voir si la lune ne s'était pas métamorphosée en fromage bleu. Mais il faisait jour. Le soleil brillait dans le ciel, faisant jaillir quelques rayons printaniers annonciateurs de pluie. J'ai accepté son invitation.

N'allez surtout pas croire une minute que j'ignore ce qu'est cette invitation. Elle a sans doute appelé dix de ses amies, sans oublier son copain ultracool, Mick Mahoney, pour savoir si quelqu'un d'autre voulait l'accompagner. Je suis son dernier recours. Et je sais qu'elle m'a sans doute téléphoné parce que j'ai une voiture et qu'elle n'en a pas. Elle avait simplement besoin qu'on la dépose. Alors, que dirait une personne moins désespérée et le moindrement orgueilleuse? Réponse: non!

Bonsoir, mesdames et messieurs. J'ai le grand honneur de vous présenter la personne la plus désespérée qui soit sur la planète: Mina Kurtz.

D'accord. Ça va. Ce n'est pas très grave si je ne suis pas miss Popularité à l'école. Vraiment. Honnêtement, je ne voudrais pas être une de ces reines de centres commerciaux qui passent leurs journées à contempler des chaussures. Cependant, je dois avouer que quelque chose me manque: ma meilleure amie. Je m'ennuie de Camy.

Oh! pardon — Camille. Depuis que Camy est

devenue cool, elle a décidé que son surnom faisait
« enfantin ». D'ailleurs, elle roule les yeux chaque
fois que je l'appelle ainsi. Pendant un certain temps,
après qu'elle m'eut plaquée, j'aimais crier : « Hé,
Camy ! » dans un corridor bondé de l'école dans
l'unique but de faire la trouble-fête.

Camille Brentano et moi nous sommes rencon-
trées en deuxième année à l'école primaire, lorsqu'elle s'est installée à Mohawk Falls. Elle portait la
même couleur de salopette OshKosh que moi...
c'était le destin. Nous avons été deux amies insé-
parables pour le reste de notre enfance et pendant
presque tout le secondaire. Nous lancions de la boue
à Jeremy Tulchin, je dormais chez elle ou elle dor-
mait chez moi, et nous portions des pyjamas semblables en mangeant des biscuits aux pépites de
chocolat que nous avions préparés nous-mêmes.

On se ressemblait un peu — nous avions toutes
les deux les cheveux foncés et les yeux verts —, sauf
que Camy était rondelette et moi, un avorton chétif.
Les gens croyaient que nous étions des sœurs. Nous
aimions ça, car ni elle ni moi n'avons de sœur. J'ai
trois frères plus âgés et Camy a été enfant unique
jusqu'à ce que son père se remarie. Puis elle a hérité
des deux pires belles-sœurs du monde.

À l'école secondaire, on regardait les autres filles se
mettre du rouge à lèvres et sortir avec des gars le soir.
On étudiait et on regardait la télévision pendant que

les autres filles de notre âge allaient magasiner. Le soir
du bal de fin d'année, on a partagé une pizza et Camy
a fait des carrés au chocolat.

Puis, l'été dernier, avant que ne débute la première année de collège, Camy est partie en vacan-
ces. Sa mère avait loué une maison au bord de la
mer. Lorsqu'elle est revenue, elle avait perdu plus de
cinq kilos et avait une supercoupe de cheveux. Elle
s'était même fait un copain durant l'été. Elle ne me
ressemblait plus.

Elle avait cette chose mystérieuse que l'on
appelle du « style », comme si elle sortait d'un vidéo-
clip. Quelque chose s'était produit. C'est ce que
j'appelle sa métamorphose. Soudainement, elle
était devenue très cool. Elle était la vedette de
l'école secondaire de Mohawk Falls. Elle s'appelait
maintenant « Camille » et non plus Camy.

Au tout début, je m'amusais bien à l'écouter me
raconter ses sorties avec les gars, ses conversations télé-
phoniques, et toutes les choses que font les gens cool.
Mais bientôt, les jeunes cool ont commencé à l'inviter
à des spectacles de « groupes de garage » ou à ces par-
tys stupides où on s'amuse à saccager la maison des
parents qui sont absents. Et, bien sûr, je n'étais pas
invitée. De toute façon, je n'y serais pas allée.

Je m'assurais de faire comprendre à Camille que
j'éprouvais le plus grand des mépris pour ce genre
d'individus. Je m'exerçais à répéter mes railleries les

plus cruelles lorsque j'étais seule dans ma chambre, puis je les lançais à Camille et j'attendais qu'elle se mette à rire. Mais, après un certain temps, elle ne riait plus. Et, évidemment, je suis devenue de plus en plus sarcastique.

Très bientôt, notre amitié allait frapper de plein fouet, à cent cinquante kilomètres à l'heure, un panneau indicateur signalant une impasse.

Puis, cet hiver, Camille s'est mise à fréquenter le gars le plus cool de l'école: Mick Mahoney, l'un des musiciens du groupe le plus bruyant et le plus discordant de tous les groupes rock de la région. Cette situation l'avait propulsée encore plus loin dans l'orbite sociale. Camille s'était même fait tatouer un papillon parce que le groupe de son copain s'appelait Dead Butterfly (Papillon mort). Puissant vomitif, n'est-ce pas?

C'était «définitivement terminé» entre Camy et moi, pour utiliser l'une de ses expressions préférées. Donc, lorsqu'elle m'a téléphoné pour aller magasiner, j'aurais dû éclater de rire et dire: «Pardon, mais es-tu bien certaine d'avoir composé le bon numéro?» Ou encore, en soupirant: «J'ai environ cinq cent millions de projets et tu n'en fais pas partie.» Compte tenu de la tournure des événements, j'aurais dû faire autre chose cette journée-là.

Mais j'y suis allée.

1//Métamorphose

— Quelle boutique as-tu envie de faire en premier? dis-je à Camille en entrant dans le centre commercial.

Elle hausse les épaules.

Voilà un exemple de ce qui m'énerve au plus au point chez Camille. C'est comme si le fait de s'intéresser à quelque chose ou d'être enthousiaste n'était pas *cool*. Elle ne communique plus que par haussements d'épaules, soupirs et roulements des yeux.

Généralement, je taquinerais aussitôt Camille et lui suggérerais de vérifier si ses cordes vocales fonctionnent toujours. Mais, comme je souhaite partir du bon pied et pour une raison qui m'est encore totalement inconnue, je crois pour un instant que nous pouvons nous amuser cet après-midi.

— Et si nous allions voir les nouveaux CD-ROM à la boutique d'informatique?

Camille roule les yeux. Elle soupire.

— Hé, je sais! dis-je en feignant de rire.
Allons voir le nouvel étalage de casseroles de
Kitchen Corner!

— Mais t'es complètement folle! s'écrie
Camille.

— Apparemment, on vend de nouveaux poê-
lons à surface non adhésive.

Je l'aiguillonne. Du moins, je parviens à la
faire parler.

— Allons chez Riot, dit-elle après avoir
poussé un très long soupir.

Riot est une boutique du centre commercial où
l'on vend des vêtements très à la mode et où l'on a
pour principe que tous les adolescents veulent être
identiques. Cette boutique ne fera jamais faillite.

D'ailleurs, j'évite d'y aller par principe. Et
aussi parce que je me trouverais stupide de porter
les vêtements qu'on y vend. Bon d'accord. Je suis
peut-être complètement cinglée, mais une robe
en caoutchouc à bandes vert fluo qui vous colle à
la peau ne me donne aucunement envie de fre-
donner «Je me sens belle». J'aurais plutôt envie
de hurler quelque chose comme «J'ai l'air d'un
pneu à carcasse radiale».

Nous faisons le tour du magasin tandis que la
musique rock alternative nous assourdit. Camille
regarde une blouse transparente en dentelle

assortie d'un corselet.

— C'est mignon, dit-elle.

— C'est idéal pour aller à l'église!

Elle la replace et continue à regarder d'un air désabusé les vêtements sur les cintres.

Je la suis.

— Tu ne trouves pas étrange qu'ils appellent ça du rock alternatif alors que cette musique joue partout où l'on va?

— Tu ne vas pas commencer? me lance Camille, la main posée sur sa hanche nouvellement décharnée.

— Commencer quoi?

— Parce que si tu commences, je m'en vais.

Je ne comprends pas exactement ce qu'elle veut dire, mais je suppose que ça signifie que je ne suis pas censée faire la conversation. Donc, je traîne derrière elle pendant qu'elle continue à regarder les vêtements, à les secouer, et à les remettre sur les portants. Elle ne me demande même pas ce que j'en pense.

Je regarde un tricot à manches courtes que je trouve mignon.

— Inintéressant, dit Camille en roulant les yeux.

— En fait, je me demandais quel type de personne inintéressante le porterait, lui dis-je en le remettant à sa place. C'est pour ça que je l'ai regardé.

— Oui, bien sûr, dit Camille.

— Euh, Camy? (J'utilise délibérément son surnom.) En fait, je voudrais t'initier à un concept. Il s'agit de l'ironie. Toutes les personnes intelligentes y ont recours. Et je viens tout juste de me rendre compte que tes nouveaux amis ne savent pas encore ce que c'est!

Camille rejette ses longs cheveux noirs derrière ses épaules.

— Allons manger quelque chose, dit-elle.

Je soupire, puis je lui fais un signe de tête affirmatif.

— Et si on partageait une pizza au poulet barbecue?

— Je voudrais un yogourt glacé, dit Camille qui ne tient pas compte de ma suggestion.

— Miam-miam! Je raffole des produits chimiques qui ne contiennent aucun produit laitier et qui sont gonflés d'air.

Camille me jette un drôle de regard. Je suppose que cela veut dire: «Tu recommences.»

Alors, j'arrête.

Nous nous rendons au comptoir de yogourt glacé. Camille commande un yogourt allégé à la vanille avec des fraises. Je commande la même chose.

La fille nous dévisage pendant un instant. On n'engage certainement pas des lumières ici.

— Quel parfum? demande-t-elle à Camille.

— Vanille, répond Camille d'un ton brusque. Est-ce trop compliqué pour vous?

Le visage de la fille semble s'adoucir. Elle a environ le même âge que nous, et un teint que ma mère qualifierait de « vilain ». Elle contemple Camille, la bouche grande ouverte.

— Avec des fraises, dis-je.

Je lui souris pour qu'elle ne pense pas que nous sommes toutes les deux impolies.

Mais elle ne me regarde même pas. Elle jette un plat de plastique sous le bec géant de la machine. Le yogourt glacé sort en se tortillant en de longs boudins.

— Après, t'aurais pas envie qu'on aille botter le derrière de quelques chiots?

— Qu'est-ce que ça veut dire au juste? demande Camille en fouillant dans son sac à la recherche de son porte-monnaie.

— Tu n'as pas besoin de traiter tout le monde comme des chiens, lui dis-je. Tu peux réserver cette attitude pour les gens qui le méritent vraiment.

La main de Camille s'arrête sec. Sa tête est penchée et ses cheveux cachent son visage. Je n'arrive pas à voir son expression.

— Oh, marmonne-t-elle, il y a un tas de choses qui me préoccupent aujourd'hui, Mina.

Ce sont les premières paroles douces qu'elle prononce de la journée. Nous payons la boulotte au comptoir et nous nous dirigeons vers une table sans dire un mot.

Je plonge ma cuiller dans le yogourt. Je laisse la bouchée de yogourt froid couler lentement dans ma gorge. Dois-je oser être gentille avec Camille ? Roulera-t-elle simplement les yeux pour ensuite me dire que je m'en fais pour rien ?

— Qu'est-ce qui te préoccupe ?

Camille prend une fraise et la mange. Elle porte du vernis à ongles bleu poudre.

— Est-ce que cela t'arrive d'avoir des conversations en ligne, Mina ?

— Pas très souvent. La plupart des conversations sont tellement idiotes. C'est sans doute parce que je n'ai pas trouvé les bonnes salles de conversation. Celles sur lesquelles je clique semblent remplies de tous les gars à qui on ne veut pas parler à l'école.

— C'est vrai, dit Camille. (Elle joue dans son yogourt avec sa cuiller, mais ne prend pas de bouchée.) Mais ce sont des salles de conversation pour enfants. Il y a quelques endroits intéressants où l'on peut aller. Par exemple, une salle où l'on discute de films.

— Je suppose que ça pourrait être intéressant. Mais je m'imaginais que cette salle serait pleine de gars qui discutent du dernier film d'action et qui ne peuvent s'empêcher de dire «super, super, super!» à chaque mot qu'ils prononcent.

Elle s'essuie la bouche avec sa serviette, même si elle n'a pas encore avalé une seule bouchée, et dit:

— Enfin, j'ai en quelque sorte rencontré quelqu'un.

— En quelque sorte.

— J'ai rencontré quelqu'un, d'accord? Il est si *cool*. Nous avons discuté pendant des heures et des heures. Il s'appelle Andrew et il est écrivain.

— Collabore-t-il au journal de l'école?

Elle grimace.

— Non, il ne fait pas des choses d'adolescents. Il écrit des scénarios. En fait, il est plus âgé.

— Quel âge a-t-il au juste? dis-je d'un ton suspicieux.

— Vingt-quatre ans, dit Camille en remplissant sa cuiller de yogourt.

Elle prend une bouchée et sourit. Je sais maintenant qu'elle ment.

— Quel âge a-t-il au juste?

— D'accord, il a vingt-sept ans, dit-elle après avoir avalé.

— Vingt-sept ans? T'es complètement folle, Camy, dis-je étourdiment. Il est beaucoup trop âgé pour toi.

— Il dit que je suis très mûre pour mon âge,

répond Camille, méfiante.

— J'en suis certaine. Mais que crois-tu qu'un homme de vingt-sept ans fasse avec une fille de dix-sept ans ? Fais le calcul, je t'en prie. Cet homme est un pervers !

— Merci beaucoup, Mina.

Le visage de Camille est impassible.

— Tu respectes vraiment mon jugement, n'est-ce pas ?

Eh bien, je n'ai pas envie d'aborder ce sujet avec elle. Après tout, Camy fréquente Mick Mahoney, qui n'a pas un quotient intellectuel époustouflant.

— Ce n'est pas ça, Camy.

— Camille !

— C'est que tu ne peux pas savoir à qui tu as affaire lorsque tu fais des rencontres en ligne.

— Je sais comment est Andrew, dit Camille, entêtée. Il est beaucoup plus intelligent que la plupart des gars que j'ai connus. Il connaît vraiment le cinéma et l'industrie du spectacle. Il dit qu'il peut m'aider à devenir comédienne.

— Bien sûr. Je suis certaine que c'est Monsieur Hollywood en personne.

— Il dit que puisque j'ai gagné le concours, je n'aurai pas de mal à me trouver un agent.

Le mois dernier, Camille a gagné le concours de sosie de Deva Winter. En fait, elle ressemble un peu à cette comédienne de dix-sept ans, qui est en nomination pour un Oscar. Deva Winter tourne un film à Saratoga Springs, ville un peu au sud de Mohawk Falls, et le fan club régional de Deva Winter a parrainé le concours. Camille portait une perruque identique à la coiffure de Deva et était habillée comme son personnage dans *Sensible Shoes*. Elle a gagné un bon-cadeau pour une journée de beauté au salon ultramode Shear Heaven.

— Andrew dit que je devrais me faire couper les cheveux comme Deva lorsque j'irai au salon. Je meurs d'impatience d'y aller. En fait, j'y vais le week-end prochain.

— Mais pourquoi veux-tu te transformer en une réplique de Deva Winter? C'est un peu stupide.

Camille prend une serviette et essuie ses doigts.

— Depuis quand connais-tu parfaitement Hollywood?

— Je n'ai pas dit que j'étais une experte, dis-je doucement. Je veux simplement te dire qu'Andrew n'y connaît peut-être rien. Comment sais-tu qu'il écrit véritablement des scénarios?

Elle me jette un regard froid.

— Tu sais, Mina, j'avais oublié à quel point tu es cynique. Je me souviens à quel point ça m'énerve. Aussitôt que j'ai un projet, tu le démolis.

Camille vient de tirer une flèche directement au centre de la cible — pan ! Je me sens blessée. Je fais du bruit en léchant le yogourt sur ma cuiller.

— Et Mick, lui ?

— Et quoi ? répond Camille d'un ton brusque.

— Je croyais que vous formiez le couple idéal. Pourquoi le trompes-tu ?

Camille semble irritée.

— Je ne le trompe pas, d'accord ? Cesse de te soucier de ma vie privée.

— Je ne m'en soucie pas, c'est simplement que...

— Écoute.

Camille se penche sur la table.

— Voudrais-tu venir avec moi le rencontrer ?

J'hésite, tant je suis surprise. Pourquoi Camille me demande-t-elle cela, à moi ?

— Tu es la seule personne à qui je peux faire confiance, Mina.

« Et je suis la seule qui n'ira pas tout raconter, me dis-je en regardant fixement Camille dans ses yeux vert clair. Mick ne le saura donc jamais. »

Mais peu importe la raison, Camille me demande de lui rendre service. Le seul ennui, c'est que je n'ai pas envie de lui rendre ce service. J'estime qu'elle ne devrait simplement pas rencontrer ce gars. On dirait un imposteur. Pourquoi s'intéresserait-il à une enfant d'école ?

Soudain, Camille jette sa serviette sur la table.

— Écoute, oublie ça. Je n'aurais même pas dû t'en parler.

Elle se lève en faisant crisser sa chaise sur le sol. La fille au comptoir nous jette un regard.

— Calme-toi, dis-je à Camille. J'irai, d'accord?

Si je n'y vais pas, Camille ira sans doute seule. Et ça pourrait être une catastrophe.

— À une seule condition, d'accord? Cette rencontre doit se faire dans un endroit public.

Camille pose les mains sur le dossier de la chaise. Elle se penche vers moi en faisant balancer ses cheveux foncés.

— Je ne vais pas le rencontrer dans son appartement, Mina. Je ne lui ai même pas encore parlé au téléphone. En dépit de ce que tu penses de moi, je ne suis pas idiote.

— Je ne crois pas que tu sois id…

— Mina, c'est la fille intelligente.

Camille dit ça d'une voix aiguë, comme si elle imitait quelqu'un. Mais je n'ai aucune idée de qui il peut s'agir.

— Si seulement Camy était aussi vive que Mina. Si seulement elle pouvait perdre du poids.

— Camy…

— Oh, oublie ça. Tu as toujours été une poule mouillée, Mina. Toujours dans le droit chemin, la bonne fille, le respect des règles. Tu es née pour une petite vie!

— Je t'ai dit que j'irais.

— Comme si j'avais besoin de toi! s'exclame Camille. Comme si j'avais besoin de quelqu'un.

Elle prend son sac sur la chaise.

— Je m'en vais.

— Mais j'ai la voiture! dis-je en me dépêchant de faire le tour de la table pour la rejoindre.

Elle balance son grand sac par-dessus son épaule et manque de me frapper au visage.

— Je vais prendre l'autobus, me dit-elle en s'éloignant à grands pas.

2//Les choses s'enveniment

J'ai tout gâché. Et puis après? Ce n'est pas comme si Camille et moi étions toujours des amies. Et tout n'était pas entièrement de ma faute. J'ai peut-être été un tout petit peu trop catégorique. Un peu sarcastique. Mais Camille n'a pas exactement été sympathique. Et, après tout, elle m'a plaquée là, ce qui ne se fait pas entre ados. Grosso modo, je qualifierais cette charmante rencontre de match nul.

Mais je me sens tout de même coupable.

Camy a toujours réussi à me culpabiliser. Elle me culpabilisait parce que j'avais de meilleures notes qu'elle ou parce que mes parents étaient encore ensemble ou parce que j'avais trois frères avec qui je pouvais m'amuser.

Bien entendu, maman me disait avec toute sa

sagesse que personne ne pouvait nous culpabiliser. Que le sentiment de culpabilité, on se l'in-
flige soi-même. Mais maman n'avait jamais eu à
affronter les grands yeux verts de Camy qui vous
fixent en vous disant : « D'accord, Mina. Je me
fous du fait que madame Turkel te donne toujours des A. Je sais qu'elle pense que t'es vraiment
intelligente. »

Comme si notre professeure avait décidé que
j'étais intelligente parce qu'elle le voulait et non
parce que je l'étais.

Alors, même aujourd'hui, même si j'ai vieilli
et même si je sais que Camille a été déplaisante,
j'ai encore l'impression que j'aurais dû m'efforcer
davantage, ou du moins, fermer ma grande
gueule sarcastique.

Je suppose que je me suis montrée légèrement
susceptible à la maison. J'ai crié après mon frère
Alex parce qu'il a monopolisé la salle de bains,
même s'il sortait pour la première fois avec
Melinda Vescuso, la femme de ses rêves. Et j'ai
appelé mon frère Douglas « Dermo Doug » parce
qu'il avait emprunté mon short de gymnastique
et qu'il me l'a rendu sale. Ça m'a fait du bien de
me défouler, mais je n'aurais quand même pas dû
me moquer de son acné.

Vers vingt-deux heures ce soir-là, mon frère
aîné, Matt, qui est revenu habiter à la maison

pour épargner de l'argent, passe la tête dans l'embrasure de la porte.

— Est-ce que tu vas m'arracher la tête et me sucer les orbites des yeux si je te dis que tu as un appel? me demande-t-il.

— Attends, je vais aiguiser mes dents. Qui est-ce?

— Madame Brentano, dit-il en repartant dans le couloir.

Je me dirige lentement vers le téléphone. Je n'ai aucune espèce d'idée de la raison pour laquelle madame Brentano téléphone. Camille et moi sommes un peu trop âgées pour que sa mère nous suggère de nous réconcilier en mangeant des carrés au chocolat.

— Mina, as-tu vu Camille? me demande madame Brentano, troublée et distraite.

Mais madame Brentano semble toujours troublée et distraite. Elle est agente de voyages et je m'imagine toujours que ses clients retiennent des places pour une croisière à Hawaii, mais se retrouvent finalement dans un fjord en Finlande.

— Pas depuis que nous sommes allées au centre commercial cet après-midi.

— Tu l'as ramenée à la maison?

— Non, nous nous sommes quittées là-bas. Camille a dit qu'elle prendrait l'autobus.

— Mon Dieu! Ce n'est pas le style de Camy.

Je ne dis rien. Je me sens mal parce que Camille et moi nous sommes disputées.

— Elle n'est pas rentrée à la maison pour le souper, poursuit madame Brentano. Du moins, je ne crois pas qu'elle soit rentrée. J'ai laissé un plat dans le réfrigérateur pour elle. J'étais sortie avec Jonathan.

L'an dernier, madame Brentano a rencontré Jonathan van Veeder, une grosse légume de la ville. Il a déjà été maire et sa famille possède presque la moitié de la ville. Après son divorce, madame Brentano a fait des réservations de voyage pour lui et c'est à ce moment-là qu'il l'a invitée à sortir. Elle lui a sans doute proposé un super rabais. Camille l'appelle Nez de fouine pour une raison qui m'est toujours inconnue. « Justement ce dont j'avais besoin, m'a-t-elle dit lorsqu'ils se sont fiancés. Une autre belle-personne dans ma vie ! »

— Elle est peut-être sortie avec des amis et a oublié de vous laisser une note, dis-je à madame Brentano.

Je n'étais pas très inquiète.

— Avez-vous parlé à Gigi ?

— Qui ?

— Gigi Gigante, lui dis-je impatiemment. Gigi est la nouvelle meilleure amie de Camille.

— Ah, oui ? Je suppose que Camille a déjà mentionné son nom. Tu as son numéro ?

— Non, mais je peux vous le trouver.

Je prends l'annuaire téléphonique. Je le consulte pendant que madame Brentano marmonne
quelque chose au sujet de la mauvaise humeur de
Camille ces derniers temps, ajoutant qu'elle
devrait laisser une chance à Jonathan. Finalement, elle se calme et j'en profite pour lui donner
le numéro.

— Vous pouvez aussi essayer de joindre son
copain Mick. Elle est sans doute avec lui.

— Effectivement. Quel est son nom de
famille encore?

— Mahoney, lui dis-je. Je vais chercher son
numéro pour vous.

Je cherche le numéro de Mick et lui suggère
quelques autres noms de son nouveau groupe
d'amis, puis je cherche leur numéro pour elle. Je
dis à madame Brentano que je suis certaine que
Camille va rentrer d'un instant à l'autre. Elle
promet de me tenir au courant.

Madame Brentano me rappelle à vingt-trois
heures trente. Elle ne s'excuse même pas d'appeler à une heure si tardive.

— Personne ne l'a vue, Mina, me dit-elle.
Même pas son copain. Elle sait très bien qu'après
vingt-trois heures, elle doit me téléphoner. Même
lorsqu'elle est en colère contre moi, elle appelle.
Quand elle rentrera, nous aurons une petite con-

versation. J'en ai marre, vraiment marre de ce comportement. Je ne m'endormirai pas avant minuit et Jonathan et moi jouons au golf tôt demain matin.

— Madame Brentano, je suis certaine qu'elle a une bonne raison, lui dis-je sans conviction.

— Eh bien, c'est peut-être vrai. Nous verrons. Elle me punit, et ce n'est pas juste, n'est-ce pas Mina?

— Non, je suppose que non. Heu, madame Brentano, je dois raccrocher. Je vous rappellerai demain matin, d'accord? Pour m'assurer que Camille est bien rentrée.

— Je dois quitter la maison vers neuf heures. Tu pourras me joindre au club de Jonathan, Mina.

— D'accord. D'accord. Allez, bonne nuit!

Quand j'étais petite, madame Brentano n'existait qu'en tant que mère. Elle faisait des tresses à Camille, elle nous préparait du macaroni au fromage en boîte, elle nous demandait de parler moins fort parce qu'elle avait une migraine. Jamais, avant que nous ne devenions des adolescentes, je n'avais songé au type de mère qu'elle était.

Ce soir-là, en raccrochant, je me suis rendu compte que madame Brentano s'inquiétait davantage de manquer sa partie de golf que de sa fille Camille. Elle était irritée, pas inquiète. Elle ne se souvenait même pas du nom de la meilleure amie de Camille durant sa première année de collège. Et elle ne connaissait pas le nom de famille de son petit ami. Mes parents, eux, connaîtraient le numéro d'assurance sociale de mon petit ami. Si j'en avais un, bien entendu.

C'est ce qui m'a fait comprendre pourquoi Camille est si hostile et si souvent sur la défensive. En me brossant les dents et en me préparant à me coucher, je prends la décision de m'excuser auprès de Camille le lendemain. Je n'espère pas qu'on redevienne de meilleures amies. Mais je ne veux pas faire partie de tous ceux et celles qui l'auront laissée tomber dans sa vie.

Je me réveille à neuf heures le lendemain. Je me précipite dans la cuisine et me verse un verre de jus.

— Aujourd'hui, c'est dimanche, me dit ma mère encore endormie.

Elle est assise à la table et boit un café. Les restes d'une omelette se trouvent dans son assiette et l'assiette de mon père est dans l'évier. Ils prennent normalement le déjeuner du dimanche ensemble, mais ils ont abandonné l'idée de déjeuner avec les enfants. Ils se contentent d'insister pour que les membres de la famille dînent ensemble après la messe du dimanche. Nous man-

geons à quatorze heures et maman et papa cuisi-
nent un énorme repas. Il s'agit du principal repas
de la journée.

— Je sais, dis-je en décrochant le téléphone.

— Pourquoi es-tu si pressée? Et qui appelles-
tu?

— Camille.

— Ça fait longtemps que nous n'avons pas
entendu ce nom par ici, dit-elle, étonnée.

Madame Brentano répond, alors je devine
qu'elle n'est pas allée au club de golf.

— Bonjour, madame Brentano, c'est Mina.
Camille est-elle à la maison? Je veux dire, est-elle
réveillée?

— Elle n'est pas réveillée. Et elle n'est pas rentrée. Je n'arrive pas à le croire. Je commence
réellement à m'inquiéter.

— Vous voulez dire qu'elle n'est pas rentrée à
la maison hier soir?

Maman me regarde; elle est soudainement
sortie de sa léthargie.

— Je me suis finalement endormie, explique
madame Brentano. Je ne pensais pas pouvoir
dormir, mais lorsque je me suis réveillée à sept
heures pour me préparer pour ma partie de golf,
son lit n'était pas défait. Crois-tu que je devrais
appeler la police?

L'étonnement se lit sur le visage de maman. Je

demande alors à madame Brentano de ne pas quitter. Je couvre le microphone du téléphone de ma main et j'explique brièvement à maman ce qui se passe.

— Elle se demande si elle doit appeler la police, dis-je.

Exaspérée, ma mère prend le combiné.

— Elaine, c'est Sarah. Vous devriez de toute évidence appeler la police. Je l'appellerais tout de suite. Mais simplement par mesure de précaution. Je suis certaine qu'il n'y a pas de raison de s'inquiéter. Camy a sans doute simplement dormi chez une amie et a oublié de vous avertir. Elle est peut-être fâchée. Vous savez combien les adolescents sont émotifs.

Maman emprunte un ton compatissant.

— Écoutez, Elaine, je pourrais passer chez vous, suggère-t-elle. Ce sera sans doute plus facile si quelqu'un attend avec vous.

Maman patiente quelques instants.

— Eh bien, si ce n'était que de moi, j'appellerais le père de Camy. Il devrait être mis au courant, ne croyez-vous pas?

Elle regarde sa montre.

— D'accord, ma chère. Je serai chez vous dans vingt minutes.

Maman raccroche. Nos regards se croisent.

— Tu sais quelque chose? me demande-t-elle

gentiment. Camy est-elle fâchée à propos de quelque chose ?

Je hoche la tête.

— Non. Je veux dire qu'elle était un peu blasée et grincheuse hier au centre commercial. Mais, pour elle, c'est normal.

Maman fronce les sourcils d'inquiétude.

— Pourquoi ne manges-tu pas un morceau et ne viens-tu pas avec moi ? Je sais qu'Elaine a besoin de notre soutien.

— D'accord.

Maman et Elaine ne sont pas vraiment des amies. Elles se connaissent parce que Camy et moi sommes amies. Mais elles ne sont pas copines. C'est plutôt étrange que maman décide d'aller lui tenir compagnie. Et qu'elle l'appelle « ma chère ».

C'est tout de même curieux comme les choses peuvent vous paraître dix fois pires lorsque des adultes commencent à s'en inquiéter.

Nous avons à peine le temps de frapper à la porte que madame Brentano vient nous ouvrir. Elle porte une petite jupe jaune, un chandail rose et jaune et des chaussures de golf. Elle porte même une visière. Son rouge à lèvres et sa coiffure sont impeccables.

Lorsque Camille et moi étions très amies,

j'avais parfois honte lorsque ma mère m'amenait
chez elle et venait me chercher. Madame Brentano avait toujours l'air parfaite et ma mère était
habituellement un peu débraillée. Elle s'occupait
d'une pépinière avec mon père ; elle avait habituellement de la terre sous les ongles ou portait
un sweat-shirt. Elle avait les cheveux courts et
était toujours un peu échevelée, peu importe la
manière dont elle se coiffait. Mais aujourd'hui,
j'étais fière de l'allure débraillée de ma mère. Elle
était de circonstance.

— Pas de nouvelles, nous dit madame Brentano. La police devrait arriver bientôt. Howard
s'est fâché, bien entendu. Je lui ai demandé de
rester à la maison, mais il ne m'a évidemment pas
écoutée.

Howard est le père de Camy. Lui et madame
Brentano ne s'entendent pas très bien. Elle l'appelle toujours « ton père » devant Camy. Et Camy
imite le ton méprisant qu'utilise sa mère quand
elle parle de lui.

Je pense à Camy et je m'inquiète davantage.
Lorsque ma mère me suggère de préparer du thé,
je m'empresse d'aller à la cuisine. Alors que je fais
chauffer l'eau, deux policiers arrivent.

Ils demandent à madame Brentano quand elle
a vu sa fille la dernière fois, et si elle était contrariée, si elles s'étaient disputées ou si Camy avait

eu des problèmes avec son petit ami ou des
ennuis à l'école. De toute évidence, madame
Brentano ne sait rien de la vie de sa fille.

Puis monsieur Brentano et sa femme font
irruption dans la maison. Il se met à crier après son
ex-femme parce qu'elle ne l'a appelé que ce matin.
D'après moi, il est plus en colère parce qu'elle n'a
pas respecté son statut parental que parce que
Camille a disparu. Puis il finit par constater la
présence de la police. Il se met alors à pleurnicher
parce que sa fille a disparu, et sa femme doit aller
lui chercher un verre d'eau. C'est à vomir.

Puis les policiers m'interrogent. Tous deux
souffrent d'embonpoint; l'un a les jambes maigres et un gros ventre; l'autre est carrément obèse
et on a l'impression que ses cheveux vont glisser
derrière son crâne, comme une couverture qui
glisse du lit par une nuit froide. Je leur explique
que nous avons magasiné, que nous avons mangé
un yogourt et que Camille a décidé de rentrer à la
maison en autobus. Ils prennent des notes, que je
tente d'ailleurs de voir, mais en vain.

— Pourquoi Camille a-t-elle pris l'autobus
pour rentrer à la maison si vous aviez une voiture?
me demande le policier au crâne dégarni.

— Elle voulait continuer de magasiner, dis-je
en haussant les épaules. Ou elle en avait marre de
moi. Nous ne sommes plus de très bonnes amies.

Son regard s'attarde sur moi pendant quelques
instants. Je m'efforce de rester assise et de ne pas
me tortiller. J'aurais peut-être dû dire que nous
nous étions disputées, mais je me sentais trop
coupable. Et je sais que cette dispute n'était pas
assez importante pour que Camille fasse une fugue.

On sonne à la porte et madame Brentano en a
le souffle coupé. C'est curieux, parce que si ç'avait
été Camille, elle se serait servie de sa clé. La belle-
mère de Camille, Darcy, va ouvrir la porte. Mick
Mahoney cligne des yeux en voyant tous ces
étrangers dans le salon.

— C'est le petit ami, dit le policier doucement.

— Elle n'est toujours pas rentrée? demande
Mick.

Il passe la main dans ses cheveux blonds, qu'il
a épais et droits. Son blouson de cuir noir est un
peu trop grand pour lui et les manches effleurent
les jointures de ses doigts.

— Pas de nouvelles, dit madame Brentano.

— Oh! dit Mick.

Je vous avais dit à quel point il est brillant.

Le policier se tourne vers moi et me demande :

— Y a-t-il autre chose?

— Eh bien, je ne sais pas si c'est important ou
non, mais Camille a fait la connaissance d'un
homme en ligne et elle m'a demandé d'aller avec

elle le rencontrer. Je lui ai d'abord dit que c'était totalement ridicule, puis lui ai finalement dit que je le ferais. Mais nous n'avions pas de plan définitif.

Les deux policiers sont tout ouïe. Ils échangent des regards.

— Un autre petit ami ?

Je regarde Mick. Il semble surpris ; mais lorsqu'il constate que je l'observe, il se met à étudier les rideaux de madame Brentano.

— En quelque sorte, dis-je. Il est plus âgé — vingt-sept ans, je crois. Ils conversent en ligne depuis quelques semaines, je suppose. Mais elle m'a dit qu'elle ne le rencontrerait pas seule.

— Plus âgé ? demande madame Brentano. Camille ne m'a pas dit cela.

On sonne de nouveau à la porte. Cette fois, c'est le fiancé de madame Brentano, Jonathan van Veeder. Il est vêtu d'un chandail de golf vert, d'un pantalon écossais vert et de chaussures blanches. Si Camille avait été là, elle aurait levé les yeux au ciel.

— Oh, Jonathan ! (Madame Brentano court vers lui. Ils s'étreignent.) Elle n'est pas encore de retour. La police est ici.

Un des policiers se tourne vers moi.

— Vous a-t-elle dit où habitait cet homme ou quel est son nom ? me demande-t-il à faible voix.

Je me mords la lèvre, tentant de me souvenir.

— Andrew, dis-je, soulagée. Il s'appelle Andrew. Mais je ne connais pas son nom de famille et je ne sais pas où il habite.

— C'est très bien, dit le policier.

Les policiers me posent d'autres questions, puis ils disent qu'ils vont envoyer quelqu'un examiner l'ordinateur de Camille et son disque dur. Ils disent à madame Brentano que Camille reviendra sans doute d'elle-même, mais qu'ils vont tous se mettre à sa recherche.

Madame Brentano éclate en sanglots.

— Mon bébé s'est enfui de la maison, dit-elle.

Elle se cache le visage dans le chandail de Jonathan van Veeder.

— Je vous supplie de la retrouver, dit-elle d'une voix étouffée.

— Je veux que vous fassiez tout pour la retrouver, vous m'entendez? dit monsieur Brentano à la police d'une voix rauque.

Maman dit à madame Brentano qu'elle va l'appeler ce soir. Tout le monde part. Mick monte dans sa coccinelle déglinguée tandis que maman et moi montons dans notre voiture.

— Quel cirque! dis-je, écœurée, alors que ma mère nous ramène lentement à la maison. Madame Brentano est surtout fâchée parce qu'elle n'a pas pu jouer au golf. Monsieur Brentano se sert de Camille pour se venger de son ex.

Et ils ont tous les deux joué la comédie devant les
policiers.

Maman soupire en arrêtant la voiture à une
intersection.

— Mina, monsieur et madame Brentano ne
sont peut-être pas les meilleurs parents du
monde, mais ils ne sont pas les pires. Ce n'est pas
très bien de juger les gens. Surtout dans de telles
circonstances.

— Je ne peux m'en empêcher. Je passe le plus
clair de mon temps à juger les gens. C'est, pour
moi, la meilleure forme de divertissement qui soit.

J'essaie de faire des blagues, mais maman ne
sourit pas. Elle ne fait que caresser ma main sur le
siège.

— Je sais, ma belle, dit-elle tristement.

Elle pianote sur le volant.

— Pauvre Elaine, dit-elle.

Maman met le pied sur l'accélérateur et nous
repartons vers la maison. Nous sommes en retard
pour le dîner du dimanche. Papa nous a dit,
avant de partir, qu'il allait faire rôtir un poulet. Il
glisse de l'ail sous la peau du poulet, puis il le
frotte avec du citron. Mon estomac gargouille à
l'idée du succulent plat qu'il nous a préparé. Puis
je me sens coupable. Que mange Camille?

Et, comme si elle venait d'avoir la même pensée, maman se tourne soudain vers moi.

— Tu crois vraiment que Camy s'est enfuie
de la maison, Mina ?

J'y ai pensé. Je me rappelle combien Camille
avait hâte d'échanger ce bon-cadeau au salon.
Elle a parlé de la coiffure qu'elle voulait se faire
faire. Évidemment, elle était grincheuse ce jour-
là. Mais elle ne semblait pas vraiment plus
déprimée, plus blasée ou plus agitée que d'habitude. Et je ne pense pas que notre dispute l'ait
poussée à faire une fugue.

— Non, je réponds. Je ne le crois pas vraiment.

— Est-il arrivé quelque chose de particulier
et que tu ne veux pas me dire ?

— Bien sûr que non.

— C'est curieux que Camy ait pris l'autobus,
poursuit maman.

— Elle en avait marre de moi. Elle est plus
que *cool*, et je suis une citoyenne de la planète
Nullité.

— Mina, j'aimerais que tu cesses de parler
ainsi, me dit maman en tournant dans l'allée. Tu
es adorable et très intelligente et tu es aussi jolie
que Camille.

— Maman ! Tu es tellement maternelle.

Elle éteint le moteur et se tourne vers moi.

— Serais-tu vraiment allée rencontrer cet
étranger avec Camille, cet Andrew ?

— Bien sûr que non.

Ce n'était pas un mensonge. Je n'étais pas certaine d'y aller. Me connaissant, j'aurai cédé, simplement pour plaire à Camy. En espérant qu'elle redevienne mon amie.

— J'ai simplement dit oui parce que je ne voulais pas qu'elle en fasse tout un plat.

— Tu crois qu'elle y serait allée seule ? me demande maman.

— Non, dis-je en hochant la tête. Absolument pas. Je sais qu'elle ne mentait pas à cause de la manière dont elle l'a dit.

— Nous devons être optimistes, dit-elle en soupirant. Je suis certaine que Camy reviendra aujourd'hui.

— Et qu'elle sera privée de sorties pour les six prochains mois.

— Espérons-le, dit maman.

Puis elle se penche vers moi et m'embrasse. Elle reste près de moi encore quelques secondes et je la laisse faire. Après tout, c'est ma mère.

— Pauvre Elaine, dit-elle encore.

« Pauvre Camille », me dis-je. Je n'ai pas besoin de le dire tout haut, car je sais que ma mère pense la même chose.

3//Reviens à la maison, Camille

Camille n'est pas rentrée à la maison ce jour-là, ni le jour suivant. Les chauffeurs d'autobus ne se souviennent pas de l'avoir vue monter dans leur véhicule pour quitter le centre commercial. Camille est très jolie, et ils affirment tous qu'ils se souviendraient d'elle puisque la journée avait été calme.

La police a lu tout son courrier électronique et a même nettoyé son disque dur au cas où Camille aurait effacé une lettre révélant le lieu de rencontre avec Andrew. Mais elle n'a rien pu trouver.

Comme c'est le congé scolaire du printemps, l'école est fermée. Le temps est affreusement long, comme un morceau de Silly Putty que l'on étire sans fin. J'essaie de lire, je loue des vidéocassettes, j'appelle des amies. Mais nous ne parlons que de la disparition de Camille. De toute façon, c'est tout ce qui occupe mes pensées.

Maman téléphone à madame Brentano tous les jours. Celle-ci n'a toujours pas de nouvelles et répond toujours la même chose : « Camille est intelligente, débrouillarde et peut prendre soin d'elle. » Madame Brentano est convaincue que Camille est partie à Los Angeles ou à New York pour y chercher du travail comme comédienne.

Le lundi soir, je demande à madame Brentano si je peux lire le courrier électronique que Camille et Andrew ont échangé. J'arriverai peut-être à trouver des indices qui ont échappé à la police. Elle me remet une pile de papiers que je rapporte à la maison.

En fait, j'espère avoir un éclair de génie et surprendre tout le monde par mon intelligence supérieure ; mais je suis déçue. Tout comme la police, je ne trouve pas le moindre indice. Camille a discuté avec Andrew de films, de son désir de devenir comédienne et du fait qu'elle ressemblait à Deva Winter. Andrew était même allé au concours, mais ils ne s'étaient pas parlé et Camille ne se souvenait pas de lui. La seule chose que j'ai pu découvrir sur lui, c'est son nom de famille : Sloane.

Ce qui est curieux, c'est que leurs échanges n'étaient absolument pas de nature amoureuse.

C'était plutôt amical. Je me suis demandé si Camille n'y attachait pas plus d'importance qu'Andrew.

Je demande à madame Brentano si la police a retracé Andrew à partir de son adresse de courrier électronique: «2decœur». Elle m'explique que l'homme a fermé son compte et que la police tente toujours de retrouver son adresse.

Le frère de Jonathan van Veeder, Charles, est propriétaire de la station de télévision de la région et un soir, monsieur et madame Brentano passent aux informations. Toute ma famille est installée devant le petit écran.

On montre une photographie de Camille à la télévision. Je ne l'ai jamais vue, mais je suppose qu'elle a été prise l'été dernier, à la plage. Camille souriait, et ses cheveux étaient dégagés de son visage à cause du vent. Elle portait un t-shirt blanc et un jean bleu. Elle était vraiment magnifique.

— Voici notre fille Camille, dit monsieur Brentano. Elle nous manque beaucoup. Camille, si tu écoutes, nous devons te parler, chérie. S'il te plaît, rentre à la maison.

— Si quelque chose t'a ennuyée, nous allons tout arranger, dit madame Brentano. Et, si tu es avec quelqu'un... si quelqu'un t'a kidnappée, s'il te plaît, appelle-nous.

Elle se met à pleurer.

— Tu me manques beaucoup, Camille,
reviens à la maison.

Le bulletin se termine et nous restons tous là,
assis à regarder dans le vide. C'est curieux à quel
point la télévision peut faire en sorte qu'une
chose ait l'air très vraie, alors qu'elle est complètement bidon!

Je suis en train de devenir folle à me tourner
les pouces à la maison. Alors, le lendemain matin,
je me rends à l'école. Elle est fermée; mais je suppose qu'il doit bien y avoir quelqu'un et qu'on me
laissera entrer. De fait, monsieur Mataleno, le
concierge, est en train de travailler et il m'ouvre la
porte. Je lui dis que je dois aller chercher quelque
chose dans mon casier. Il fronce les sourcils et me
dit de me dépêcher, ouste! Monsieur Mataleno
fronce toujours les sourcils et vous dit toujours de
vous dépêcher, ouste!

Mais je ne vais pas à mon casier. Je vais à celui
de Camille. Nous connaissons nos combinaisons
depuis les premières années d'école et j'espère
qu'elle ne l'a pas changée.

Elle ne l'a pas changée. Je ne sais pas ce que je
cherche au juste, mais je suppose que ça ne l'en-
nuierait pas que je jette un coup d'œil. Je ne sais
pas si la police a fouillé son casier. Et, si elle l'a
fait, elle ne savait sans doute pas quoi chercher.

Des livres, des cassettes pour son baladeur, un blouson en denim. Une paire de chaussures orange à talons hauts. Une paire de chaussettes en boule.

Je m'assois sur le sol et je dépose une pile de livres sur mes genoux. Je me mets à les feuilleter rapidement. Je trouverai peut-être une note d'Andrew. Lorsque je tombe sur le cahier de notes de Camy, je le parcours. Il y a des notes de cours, mais surtout du griffonnage. De temps à autre, elle s'était écrit une note et l'avait mise en évidence. Par exemple: mentionner le SOLDE à Gigi et boucles d'oreilles de cristal!!! Et à un autre moment: chaussettes tubulaires — bidon ou radical???

Camille n'est pas une élève modèle. Parfois, on a l'impression qu'elle passe le plus clair de son temps à songer à sa garde-robe. Au début du cahier de notes, elle a tracé les initiales de Mick qu'elle a ombragées, prolongées, puis transformées en ponts, en cœurs et en édifices. Elle se concentrait également sur les dessins de papillons. Cependant, la phase Mick semblait se terminer, car il y avait de nouveau des dessins de chaussures, de cubes et d'horloges; bref, des dessins futiles qu'elle faisait pour passer le temps.

— Tu as trouvé quelque chose?

Je me retourne. Mick Mahoney est au bout du

corridor. Il porte un t-shirt rayé et un jean
déchiré qui lui donne l'allure d'un enfant de
douze ans qui vient de s'érafler les genoux en
tombant.

— Non, dis-je en fermant le cahier de notes.
Que fais-tu ici ?

Il s'appuie contre le casier.

— La même chose que toi, je suppose. Je
croyais qu'il y aurait peut-être un indice ou quelque chose dans le casier de Camille, la raison
pour laquelle elle a fugué.

— Elle ne s'est pas enfuie, dis-je étourdiment.

Mick se redresse.

— Est-ce qu'on a demandé une rançon à ses
parents ?

Son visage est tendu et il n'a plus l'air d'un
gamin.

— Non. Rien. J'ai une drôle d'impression.
C'est tout, dis-je.

Je me mets à replacer les livres dans son casier.

— Je dois m'en aller. J'ai dit à monsieur
Mataleno que…

— Dépêchez-vous, ouste ! termine Mick.

On se sourit et je me sens un peu plus à l'aise
avec lui.

Mick s'approche de moi.

— Vous étiez proches l'une de l'autre avant
cette année, pas vrai ?

— Oui.

— Alors, que s'est-il passé?

— C'est la vie, dis-je en jetant les livres dans le casier.

Soudain, je suis fâchée contre lui. Il sait très bien ce qui s'est passé. Tout ce qu'il a à faire pour le savoir, c'est de me regarder et de regarder Camille. Elle est devenue une superstar.

— Tu la connais sans doute mieux que Gigi Gigante, dit Mick sur un ton doux.

Il n'élève jamais la voix, même quand je jette les livres dans le casier.

— Gigi est un oiseau d'étang.

— Quoi?

Mick lève la main et la promène en faisant gigoter ses doigts.

— Elle nage à la surface de l'eau.

— Et qu'est-ce qui te fait croire que je suis si profonde, moi? dis-je d'un ton sarcastique. Je ne suis pas d'accord. Je suis tout aussi superficielle que les autres.

— Je lis ta chronique, dit-il.

— Oh!

J'écris une chronique idiote dans le journal de l'école qui s'appelle *Rants*, dans laquelle je me plains de tout ce que je déteste de l'école. Je croyais que personne ne la lisait, mis à part, bien sûr, les gens comme moi qui observent l'école depuis les gradins.

Mick s'assoit par terre, s'appuie contre un casier et étend une jambe.

— Alors, si tu ne crois pas qu'elle s'est enfuie de la maison, c'est que tu crois qu'on l'a kidnappée.

— Je n'ai pas dit ça, dis-je sur un ton brusque.

Je ne veux même pas croire que Camille a été kidnappée par un fou. Mais c'est ce que je pense depuis le tout début.

— D'accord, c'est ce que je crois, dis-je de mauvaise grâce.

— La police croit-elle toujours qu'elle a fait une fugue?

— On lui a rapporté qu'une fille faisait de l'auto-stop sur Taconi Parkway; alors, elle est en train de vérifier cela. De plus, il n'y a pas eu de demande de rançon. Et pourquoi les Brentano? Ils n'ont pas beaucoup d'argent.

— Mais Jonathan van Veeder en a, dit Mick.

— Je suis certaine que la police le sait.

— Alors, si tu étais la police, que ferais-tu?

— Je ne sais pas, dis-je en grimaçant. Je retracerais les dernières activités de Camille. J'interrogerais ses amis. Je ferais circuler sa photo. Je suppose que c'est ce que la police fait.

— Pourquoi ne le faisons-nous pas? demande Mick.

Je le regarde.

— Faire quoi ?

— Une enquête, dit-il. C'est mieux que de rester assis là à se faire du mauvais sang, non ? Nous pourrions peut-être trouver quelque chose qui a échappé à la police. Nous connaissons Camille, mais la police ne la connaît pas.

J'ai envie de refuser. Surtout parce que Mick y a pensé, et pas moi. Mais il a raison : je deviendrai folle à rester assise à ne rien faire.

— Je suppose que nous pourrions fourrer notre nez là-dedans, lui dis-je. Dites-moi, Columbo, par où devrions-nous commencer ?

— Là où on l'a vue la dernière fois, bien entendu.

— C'est par là que la police commence toujours. Ne regardes-tu donc pas la télé ?

— Je suis beaucoup trop profonde.

— Écoute, je ne demande pas ça souvent dans la vie, dit Mick, mais as-tu envie d'aller magasiner ?

4//La dernière fois qu'on l'a vue, elle portait...

Je suis passée à la maison prendre une photographie de Camille et laisser ma voiture. J'ai écrit une note à ma mère l'informant où j'étais et avec qui. Ces derniers temps, elle est devenue particulièrement vigilante en ce qui concerne ce genre de choses. Je ne peux pas lui en vouloir. Jusqu'à ce qu'on retrouve Camy, je veux que quelqu'un sache où je suis en tout temps. En voilà tout un changement de comportement, n'est-ce pas?

Mick et moi avons été dans toutes les boutiques que Camille aurait pu faire après qu'on s'est quittées, même celles où elle n'entrerait jamais même si on l'obligeait à le faire, comme Learning Curve, où l'on vend des livres et des jeux éducatifs, et On the Road, où l'on trouve des cartes et des trucs stupides pour les voitures comme des boussoles et des postes de bande publique.

La vendeuse chez Riot s'est souvenue de Camille, car celle-ci est une bonne cliente. Et la vendeuse de la boutique de cosmétiques Pure & Natural s'est aussi souvenue d'elle. Mais toutes les deux n'arrivaient pas à se rappeler si elles l'avaient vue samedi dernier, ou le samedi précédent, pas plus que l'heure. Elles ne se souvenaient que de son visage. Tout le monde se rappelle le visage de Camille.

C'est fatigant et ennuyeux de faire les boutiques. Mais nous continuons jusqu'à ce que nous ayons fait tout le premier étage. Nous aboutissons dans la zone des restaurants.

— Que je suis idiote! dis-je soudainement. Nous devrions parler à la fille du comptoir de yogourt glacé. Camille y est peut être retournée pour me parler, s'excuser ou…

— S'excuser pour quoi? demande Mick.

— Je ne sais pas, dis-je en haussant les épaules. De m'avoir plaquée là.

— Camille ne s'excuse jamais.

Je suis sur le point de la défendre, mais je me rends compte qu'il a raison.

— Elle a peut-être changé d'idée et voulait que je la raccompagne en voiture à la maison.

— Ce serait plus son style, dit Mick. Allons-y.

C'est une autre fille qui se trouve derrière le comptoir. Elle hoche la tête alors que je lui décris notre serveuse :

— Cheveux foncés, un peu ronde et un léger problème d'acné…

— C'est Katie, m'interrompt-elle. Attendez, je vais voir quand elle travaille.

Elle consulte une feuille affichée près de la caisse.

— Le jeudi soir. Son quart commence à seize heures trente et se termine à vingt et une heures trente, à la fermeture du centre commercial.

Nous la remercions et partons.

— Nous devrions peut-être y retourner jeudi, dis-je à Mick.

Il hoche la tête.

— Attaquons le deuxième étage maintenant. Ensuite, nous pourrions aller chez toi et faire du remue-méninges.

Je suis irritée. J'ai l'impression qu'il me donne des ordres.

— D'accord, lui dis-je en bougonnant. Finissons-en. Ce centre commercial va me donner de l'urticaire.

—Moi, ce sont les stationnements qui me donnent de l'urticaire, dit Mick.

De retour à la maison, je montre le courrier électronique à Mick, mais il ne trouve aucun indice, lui non plus. Le fait de lire les lettres qu'elle a écrites à un autre gars ne semble pas l'agacer, même si dans sa dernière lettre Camille écrit : *La plupart des gars que je connais sont des poules mouillées.*

— Ça ne t'embête pas de lire ça ? dis-je pour l'aiguillonner.

Mick fronce les sourcils.

— Heu, pas vraiment.

Il tapote une des lettres et me regarde.

— Écoute Mina, dit-il. Il l'a rencontrée au minable concours de sosie de Deva Winter. Il lui dit qu'il était là quand on lui a remis le prix.

— Mais Camille ne l'a pas vu. Elle ne sait donc pas à quoi il ressemble.

— Oui, mais une autre personne l'a peut-être vu, dit Mick. Ce n'était pas un grand concours. Et, soyons réalistes... Combien de personnes vont assister à un concours de sosie de Deva Winter dans un restaurant minable ?

— Les palourdes frites n'étaient que 5,99 $. On ne sait jamais.

Il relève le coin des lèvres, comme si le fait de sourire largement était trop épuisant.

— Tu sais qui a organisé le concours ?

— Le fan club régional de Deva Winter.

— Cela pourrait peut-être nous permettre de retrouver ce gars, dit Mick. Écoute, aussi bien dire clairement ce que nous pensons tous les deux. Évidemment, Camille a dit qu'elle ne le rencontrerait pas seule. Mais il était peut-être au centre commercial ce jour-là. Il l'a peut-être séduite. Il lui a peut-être offert de la ramener à la maison. Tu ne crois pas?

Je hoche la tête doucement.

— J'y ai pensé, ouais.

— Eh bien, s'il a kidnappé Camille, c'est donc là qu'il l'a rencontrée. Renseignons-nous davantage sur ce concours.

— Faisons des appels.

5//Les plus grands admirateurs

Le concours a été parrainé par la branche nord-est du fan club de Deva Winter. Le siège social du club est à Albany. Je téléphone à la présidente Ronnie Harbin et lui demande si nous pouvons la rencontrer en personne.

— Je travaille, vous savez, dit-elle d'un ton impatient.

Ce n'est pas la personne la plus amicale de la planète.

— Ce ne sera pas très long, dis-je. Nous voulons simplement vous poser quelques questions.

Puis je suis soudainement inspirée.

— Nous pourrions vous inviter à dîner.

Le mot magique était « dîner ».

— Je suppose que oui, dit-elle. Aujourd'hui, je porte des vêtements de couleur pêche.

Alors, Mick et moi allons à Albany dans sa
vieille coccinelle. La fenêtre arrière ne ferme pas
complètement et le vent froid, accompagné du
tapage du moteur, me donne l'impression de me
balader dans un climatiseur détraqué.

— Tu connais la théorie sur les gars et leur
voiture? On dit que les hommes choisissent leur
bagnole afin de camoufler leurs défauts. Par
exemple, les hommes obèses choisissent des
voitures énormes, une Cadillac par exemple,
pour avoir l'air sveltes.

J'invente cette histoire de toutes pièces. Mais
j'estime que j'ai pour mission sur Terre de con-
trarier Mick Mahoney. Il doit savoir que ce ne
sont pas toutes les filles de l'école secondaire de
Mohawk Falls qui estiment qu'il est le plus beau
et le plus intelligent des gars.

— Eh bien, dit Mick.

Il se concentre afin de maintenir sa minuscule
voiture sur la route. Chaque fois que le vent secoue la voiture, je me sens comme Dorothée dans
la tornade du *Magicien d'Oz*.

— Donc, si un homme choisit une coccinelle,
c'est qu'il a sans doute l'impression de ressembler
à un garçonnet.

J'avais déjà constaté que Mick ne mesurait que
deux centimètres de plus que moi et je ne mesure
que un mètre soixante-cinq.

— Ainsi, il aura l'impression d'être plus grand en sortant de sa minuscule voiture. Il fera donc des pieds et des mains pour trouver la voiture qui lui permettra d'avoir l'air le plus grand possible, même si elle tombe en morceaux. Il aurait à ce point besoin d'avoir l'air grand et puissant. Du moins, si cette théorie est vraie.

Il y a un moment de silence. Le vent siffle par la fenêtre brisée.

— Et combien mesures-tu au juste, Mick?

— Je suis à peine plus grand que toi, répond-il en grognant.

Il me jette un regard en coin avec ses yeux brun doré (du moins c'est l'avis de son fan club de l'école secondaire de Mohawk Falls). J'ai un sourire fendu jusqu'aux oreilles.

— Tu sais, rien ne t'empêche d'être gentille avec moi.

— Je vais y songer.

Je constate que j'ai réussi à l'énerver un peu. Alors, je me détends et j'apprécie le reste du voyage.

En arrivant à Albany, nous suivons les indications de Ronnie et nous nous garons à proximité de son bureau. Elle travaille dans un quelconque édifice gouvernemental et nous l'attendons à l'extérieur, sur les marches. À l'heure dite, une grande jeune femme un peu dodue sort de l'édifice, chaussée de souliers à talons dangereusement hauts, et va se jucher au haut de l'escalier. Elle a environ dix-neuf ans, mais elle tente de toute évidence de s'habiller en femme prospère. Elle porte un tailleur de couleur pêche trop cintré pour elle, dont la veste, légèrement tendue aux boutons, révèle une blouse rayée. Elle nous regarde nerveusement.

— Ronnie Harbin?

Elle acquiesce d'un hochement de tête.

— Je suis Mina Kurtz et voici Mick Mahoney. Merci d'avoir accepté notre invitation.

— Ça va, dit-elle.

Elle semble un peu réticente. C'est sans doute à cause du blouson de motocycliste de Mick ou de ses cheveux longs.

Mick la séduit avec sa moue irrésistible (toujours selon son fan club de l'école secondaire Mohawk).

— Très belle journée, n'est-ce pas? dit-il.

Il s'avance vers elle, puis s'arrête. Il prend un ton grave:

— Je suis désolé de devoir vous le dire, mais vous me rappelez ma cousine Hassie. J'étais follement amoureux d'elle lorsque j'avais six ans. À sept ans, elle a brisé mon cœur.

Je m'attends à ce que Ronnie roule les yeux et dise: «Tu as pas quelque chose de plus intelligent à me dire, mon vieux?» Mais elle rougit. Elle baisse la tête et sourit.

— C'est pas vrai, dis-je entre les dents.

Mick m'écrase le pied.

— Quel est votre restaurant préféré, Ronnie?
demande Mick. C'est là que nous irons.

Puis il lui tend le bras comme le font les lords
dans les films. Elle glisse son bras sous le sien puis
ils se mettent à marcher. Je les suis en traînant les
pieds, comme une dame d'honneur, mon rôle
habituel dans la vie, quoi! Et, à ce moment-là, je
me mets à détester Mick Mahoney, car il m'oblige
à tenir ce rôle.

Ronnie se régale. Elle a choisi un club sandwich avec un supplément de bacon (« Allez,
prenez-en un, a dit Mick. Les filles se soucient
trop de leur poids. ») et un lait battu au chocolat... elle est au paradis.

— C'est un grand moment pour le club, dit
Ronnie en offrant des frites à Mick. Deva est en
ville. Je n'aurais jamais imaginé un instant qu'elle
viendrait ici.

— Pourquoi êtes-vous une si grande fan de
Deva, Ronnie? demande Mick.

— Eh bien, ce n'est pas pour les raisons
habituelles, explique-t-elle. Bien sûr, elle est très,
très belle. De plus, c'est une grande comédienne.
Mais je me suis d'abord mise à l'aimer lorsque j'ai
lu sur son enfance. Elle était très seule. Elle n'avait
pas de père. Elle n'a aucun souvenir de son père
— il a quitté sa mère lorsqu'elle avait deux ans.

Ronnie arrête de gesticuler et laisse tomber une frite.

— Je sais ce que c'est.

— Je le sais moi aussi, Ronnie, lui dit Mick d'un ton très sincère. C'est difficile.

Elle hoche la tête et se perd dans les yeux de Mick. Ses grands yeux bruns sont semblables à des chocolats qui fondent au soleil. Je suis sur le point de perdre l'appétit. Quel arnaqueur !

Ronnie se secoue comme un oiseau. Elle s'essuie la bouche avec sa serviette et s'éclaircit la voix.

— Enfin, je me suis dit que cette fille était exactement comme moi.

« Ouais, bien sûr, me dis-je. Ronnie Harbin et Deva Winter, je les confonds constamment. »

— Et plus je lisais sur elle, plus je l'aimais, dit Ronnie. C'est le type de fille que vous voudriez avoir comme amie.

— Vous croyez pouvoir la rencontrer lorsqu'elle sera ici ? demande Mick.

Il prend une bouchée de son sandwich au fromage grillé.

— Ah, je l'espère bien, soupire Ronnie. J'ai écrit à son agent de publicité et il a promis de le lui demander. Deva est vraiment dévouée envers ses fans. Nous espérions vraiment qu'elle assiste à ce concours de sosie.

— C'est justement pour cette raison que nous voulions vous rencontrer Ronnie, dis-je fermement.

J'en ai marre de regarder Mick Mahoney flirter pendant le dîner.

Ronnie parvient à détacher son regard de Mick.

— Ah oui. Au sujet de l'une de vos amies?

— Camille, lui dis-je. Elle a gagné le concours.

— Je me souviens très bien d'elle, dit Ronnie, de manière à nous faire comprendre que Camille ne s'est pas montrée très gentille ce jour-là.

Elle avait sans doute jeté un coup d'œil à Ronnie et s'était dit: «Une autre perdante.»

— Elle a disparu, dis-je. Les policiers ne savent pas si elle s'est enfuie de la maison ou si elle a été kidnappée. C'est la copine de Mick.

J'espère que ce commentaire va éteindre la flamme de Ronnie; mais, au contraire, il ne fait que l'attiser. Un gentil «oh!» s'échappe de sa bouche et elle recouvre la main de Mick de la sienne. Ses ongles sont de la même couleur que son tailleur, mais son vernis s'écaille. Elle a dû le remarquer, car elle retire rapidement sa main.

— Je suis vraiment désolée, soupire-t-elle. C'est affreux.

— Oui, dit Mick. C'est vraiment très difficile pour les parents de Camille.

— J'en suis certaine.

— Alors on se demandait, Ronnie, si vous aviez vu quelqu'un d'inhabituel au concours. Quelqu'un qui dévisageait Camille, par exemple, demande Mick.

— Pensez-y bien, lui dis-je. Repensez à cette journée.

— Eh bien, j'y suis allée tôt le matin parce que je voulais m'assurer que tout serait parfait, dit Ronnie en regardant Mick.

Il hoche la tête de manière approbatrice.

— J'espérais vraiment que Deva allait y assister. Je portais mes vêtements préférés, pas ceux-ci. Ils sont bleus.

Je veux l'interrompre et lui demander d'accélérer, mais Mick me lance un regard réprobateur.

— Toutes les participantes se sont présentées, dit Ronnie. Camille portait une perruque, je me souviens, qui avait la nouvelle coupe d'enfant misérable de Deva. Vous savez que cette coupe de cheveux est la plus en demande dans les salons de coiffure de tout le pays. Enfin, laissez-moi réfléchir. Il y avait une foule de gens, mais le restaurant proposait ce formidable spécial de palourdes frites et, en toute honnêteté, je crois que les gens étaient là plus pour la nourriture que pour le concours.

Je jette un regard triomphant à Mick.

— Il y avait donc beaucoup de monde. Non, je ne me souviens pas d'avoir vu quelqu'un d'étrange ou quelqu'un qui ait regardé les participantes d'une manière particulière.

— Vous en êtes certaine ? demande Mick. Fermez les yeux.

Ronnie obéit. Puis elle fronce les sourcils.

— Andrew Sloane, ça vous dit quelque chose ? dis-je.

Ronnie fronce davantage les sourcils et c'est alors que la serveuse vient débarrasser la table.

— Un dessert ?

Ronnie hésite.

— Allez ! insiste Mick. Partageons tous quelque chose.

— Eh bien, dit Ronnie, ils ont une excellente tarte à la crème aux bananes.

— Nous en prendrons deux pointes, dit Mick à la serveuse.

— Je n'ai rien remarqué d'inhabituel, nous dit Ronnie. Et je crois que j'aurais remarqué la présence d'une personne bizarre. J'étais particulièrement prudente parce que…

— Parce que quoi ? dis-je.

La serveuse fait glisser sur la table deux pointes de tarte aussi grosses que les coussins de la banquette, puis trois fourchettes.

Ronnie commence à manger.

— À cause de l'agresseur, dit-elle. Je veux dire
que… je croyais que Deva allait venir. Si quelque
chose s'était passé, je serais tombée raide morte.

Mick et moi échangeons un regard.

— L'agresseur? dis-je.

Je prends ma fourchette, mais je ne mange
pas.

— Pauvre Deva, soupire Ronnie avant d'en-
fourner une autre bouchée de tarte. Il y avait
quelqu'un qui la harcelait à Los Angeles. Elle a dû
exiger une ordonnance d'un tribunal. Vous com-
prenez donc pourquoi j'étais particulièrement
prudente au concours.

J'ai un éclair de génie.

— Avez-vous pris des photos?

Ronnie acquiesce d'un signe de tête.

— Bien sûr.

— Pourriez-vous nous en envoyer des doubles? Je vous les paierai, dis-je.

— C'est d'accord. J'ai toujours des doubles
de mes photos. Je vous les enverrai.

Elle lève vers Mick un visage rayonnant.

Elle et lui dévorent les deux pointes de tarte et
je regarde Ronnie lui lancer des regards attendris
par-dessus sa crème fouettée. Heureusement, son
heure de dîner est calculée à la minute près —
« Mon patron est un imbécile » —, alors nous
devons quitter le restaurant. Mick et moi payons

l'addition et nous raccompagnons Ronnie à son bureau.

Nous serrons tous deux la main de Ronnie et lui disons au revoir. Elle serre la main de Mick pendant une dizaine de minutes, lui disant à quel point elle est ravie d'avoir fait sa connaissance. Elle le quitte sans verser de larmes, Dieu merci! Par contre, elle fonce dans la rampe de cuivre en se dirigeant vers la porte de l'édifice.

— Eh bien, au moins nous aurons les photos, dit Mick alors que nous retournons au stationnement.

Je ne dis rien.

— Enfin, l'après-midi n'aura pas été une perte de temps complète, ajoute-t-il.

— Non, ça n'a pas été une perte de temps complète. J'ai eu l'occasion de voir Mick Mahoney à l'œuvre. Ne crois-tu pas avoir été un peu méchant de flirter avec Ronnie? Tout ce baratin au sujet de ta cousine Hassie! Je parie que tu n'as même pas de cousine. Et c'est quoi ce nom, Hassie! D'où sors-tu donc, des *Arpents verts*?

— J'ai effectivement une cousine qui s'appelle Hassie, dit Mick gentiment. Par contre, Ronnie ne me rappelait pas vraiment Hassie. Mais j'ai pu constater que je la rendais nerveuse.

— Ce que tu as dit était cruel. Tu lui as donné l'impression qu'elle était jolie.

Mick semble déconcerté.

— Et c'est méchant, ça?

— Elle ne l'est pas!

— Oui, elle l'est, dit Mick. Elle a de grands yeux bruns et un très beau sourire.

— Elle est boulotte. Tu ne l'inviterais pas à sortir si on te payait pour le faire. Et tu es entré dans son jeu en lui suggérant de commander toute la nourriture qu'elle voulait pour pouvoir rire d'elle. Et tu oses dire que les filles se préoccupent trop de leur poids.

— Les filles se soucient trop de leur poids, dit Mick. J'essayais simplement d'être gentil avec elle. Tu pourrais peut-être tenter d'être plus sociable. Tu as traité cette fille comme un vieux mouchoir bon à jeter aux poubelles!

— Tu as fini, non?

— Non, dit-il en s'arrêtant devant la voiture. Et cesse de te moquer de mon auto. J'ai travaillé pendant des mois comme un forcené pour pouvoir la payer. Et c'est tout ce que je peux m'offrir.

Nous montons dans la voiture. Mick passe la première vitesse et la coccinelle avance par saccades.

C'est sans doute moi qui ai été idiote.

Ronnie a dû mettre les photos immédiatement à la poste, car je les reçois le lendemain. Elle a même ajouté une note. Je me précipite au téléphone pour la lire à Mick.

— Elle se rappelle où elle a entendu le nom d'Andrew Sloane, lui dis-je d'un ton énervé. Je suppose que la tarte à la crème l'avait distraite. C'est le nom de l'un des personnages du film *Two of Hearts* de Deva Winter.

— C'est-à-dire son adresse de courrier électronique, dit Mick. Quels idiots nous sommes ! Donc, Andrew Sloane est un pseudonyme. Nous ferions mieux de prévenir la police.

— Le FBI s'en mêle maintenant. On considère que c'est peut-être un cas d'enlèvement.

— Je passe chez toi dans dix minutes, dit Mick.

Je regarde mon pyjama.

— Heu ?

— Nous devons regarder ces photographies avant de les remettre à la police, dit-il. Et il n'y a pas de temps à perdre.

Mick est à la maison neuf minutes plus tard. Je n'ai eu que le temps d'enfiler un jean, un t-shirt et de me faire une queue de cheval. J'étale les photos sur la table de la salle à manger et nous les examinons.

— Je ne vois personne de suspect, dis-je. Non pas qu'un ravisseur ait l'air suspect ou qu'il porte un grand chapeau noir.

Mick regarde une photographie de Camille.
Elle a été prise quelque temps après qu'elle a
gagné le concours. La perruque courte qu'elle
portait la changeait beaucoup. Elle avait l'air plus
vieille, plus mûre, mais elle était toujours aussi
belle. Elle souriait et son visage était rayonnant.

— J'espère qu'elle va bien, dit Mick.

Il touche le visage de Camille du bout du
doigt.

C'est la première fois que je constate à quel
point Mick aime Camille. Je me sens presque
comme Ronnie Harbin. J'ai envie de prendre la
main de Mick dans la mienne et de dire: « C'est
affreux. » Mais je m'abstiens.

J'observe de nouveau les photographies. Et,
soudain, je reconnais un visage dans la foule.

— Mick!

Je pointe du doigt le visage en question.

— Je connais cette fille. C'est celle du comptoir de yogourt glacé.

— Tu en es certaine?

— Oui, absolument, dis-je en la regardant.
Quel est son nom encore? Katie? Peut-être
a-t-elle vu quelque chose ce jour-là.

— Voilà une raison de plus pour lui parler,
dit Mick.

— Nous ne devrions peut-être pas attendre
jeudi soir.

Mick acquiesce d'un signe de tête.

— Allons au centre commercial.

— Je suis désolée, dit la fille derrière le comptoir.

Elle secoue ses cheveux blonds courts et frisés.

— Je n'ai pas le droit de donner l'adresse des employés. C'est vraiment contre les règlements.

Je m'effondre devant le comptoir. Nous sommes dans une impasse.

Mick se penche sur le comptoir. Soudain, il semble timide. Son sourire est charmant.

— Ça m'ennuie beaucoup de vous le dire, mais vous me rappelez ma cousine Hassie.

6//Elle se rapproche

Lettre tirée du journal électronique de FAN nº 1

Au tout début, elle n'avait pas peur, ce qui était mieux. C'était comme si nous étions des amies. Puis, lorsqu'elle a su où nous allions, elle est devenue nerveuse. Elle m'a demandé de la laisser partir, elle a dit qu'elle se mettrait à crier. Mais, à présent, tout va bien. Tout va très bien. Elle garde le silence. Elle sait que je veux simplement sa compagnie. Elle ne cesse de se plaindre qu'elle a mal à la tête, à cause de sa bosse au front, mais je n'ai pas d'aspirine, et je ne peux pas encore la laisser seule. J'ai de la nourriture et de l'eau. Elle ira mieux.

Camille ressemble vraiment beaucoup à Deva. Surtout depuis que je lui ai coupé les cheveux comme Deva. Elle a eu tellement peur lorsque je lui ai montré les ciseaux. Elle a presque réussi à défaire ses liens. Je suppose que j'aurais dû étudier un livre sur les techniques de ligotage. Je devrais peut-être en acheter un. Mais la blessure qu'elle a subie au front était de sa faute. Je n'avais pas l'intention de lui faire du mal.

Elle est si jolie maintenant. Autant que Deva. Je lui ai montré sa nouvelle coupe dans le miroir. Je me suis fâchée, par contre. Elle ne pouvait plus s'arrêter de pleurer et je me suis mise à hurler : « Regardez ce que j'ai fait ! Vous êtes belle à présent ! Regardez ! » Et elle ne cessait de pleurer. C'était énervant ! Je voulais briser le miroir, puis la couper avec un tesson. Mais elle s'est arrêtée de pleurer, et je n'ai donc pas eu besoin de le faire.

Elle sait maintenant que je l'ai rendue belle. Elle me l'a dit. Je sais que nous commençons à être des amies. Elle a besoin d'une amie. Elle me l'a dit. Mais tous les magazines racontent que c'est long de bâtir une amitié solide. Ça va. Nous avons tout notre temps.

7//La plus jolie
fille du monde

— Tu es dégoûtant, dis-je à Mick dans la voiture.

— Je commence à t'aimer, moi aussi.

Il grimace en passant en deuxième vitesse.

— Ces trucs fonctionnent-ils vraiment avec les femmes ?

Je croise les bras et je regarde par la fenêtre. J'ai honte de mon propre sexe.

— Tu ne comprends pas, Mina. Toutes les jolies filles me rappellent ma cousine Hassie. C'est cette connexion qui me renvoie à mon enfance. Cela pourrait être relié à un traumatisme profond que j'ai complètement refoulé. J'ai sans doute besoin d'une thérapie.

Mick pousse un soupir théâtral.

— Tu as quelque chose de plus intelligent à dire ?

Nous nous chamaillons jusqu'à la ville voisine de Garth, où Katie habite. Puis nous nous perdons et je dis à Mick qu'il n'a aucun sens de l'orientation. Il me répond que je ne sais pas comment lire une carte. Lorsque nous arrivons à la petite maison à charpente de bois, nous sommes sur le point de nous battre.

Nous restons assis dans la voiture à observer la maison. Garth est l'une de ces villes de la partie nord de l'État de New York oubliées de la société moderne. Elle a été construite lorsque le train y passait. Les maisons sont très grandes avec des porches, des foyers et des tourelles. À une certaine époque, les gens prenaient le train jusqu'à Albany ou ils travaillaient dans les usines des villes riveraines, comme Mohawk Falls. Mais aujourd'hui, il n'y a plus d'usines et cette ville est devenue une impasse. Les gens n'ont rien à faire et beaucoup de temps à tuer. Les maisons ne sont plus aussi imposantes. Les porches s'affaissent et la peinture s'écaille.

Katie habite dans une rue de petites maisons modestes. Bien que la plupart soient miteuses, la sienne a quelque chose d'accueillant. L'extérieur n'a pas été peint depuis un certain temps, mais les cadres des fenêtres du rez-de-chaussée sont rose clair. Sur la pelouse, un ornement, qui ressemble à une boule de quille bleu métallique, repose sur

une base de béton. Près du porche avant, des jon-
quilles poussent tout en longueur.

Nos sortons de la voiture et sonnons à la
porte, ce qui fait retentir une mélodie qui m'est
inconnue. Quelques instants plus tard, la porte
intérieure s'ouvre.

Une femme nous observe amicalement au
travers de la porte moustiquaire. Elle a des
cheveux blonds, attachés sur le dessus de la tête,
et de jolies boucles permanentées qui descen-
dent en cascades dans son dos. Elle est mince et
porte un jean turquoise et un chandail de coton
assorti. Elle ne peut être parente avec Katie. La
fille dont je me souviens est trapue et a les
cheveux foncés.

— Bonjour, puis-je vous aider? demande-
t-elle.

— Bonjour, dis-je. Katie est là? Nous aimerions lui parler.

La femme fronce les sourcils.

— Katie? Elle n'est pas ici.

— Nous sommes des amis, dit Mick. Sera-
t-elle de retour bientôt?

Elle me regarde, puis dévisage Mick.

— Vous n'êtes pas des amis de Katie, dit-elle
avec perspicacité.

— Euh. Eh bien, nous ne sommes pas ses
amis, dis-je en jetant à Mick un regard d'aver-

tissement. Mais nous l'avons connue au centre commercial de Mohawk Falls, à son travail.

— Un centre commercial? (La femme reste sans expression.) Katie… travaille dans un centre commercial?

— Au comptoir de yogourt glacé, dis-je.

La femme gonfle sa frange. Elle fronce les sourcils. Elle expire. Puis elle ouvre la porte moustiquaire.

— Vous devriez entrer, dit-elle.

Nous la suivons dans un petit corridor et tournons à droite. La salle de séjour est peinte dans des tons de vert pâle et les coussins sont bleu foncé. Ma description n'est pas très inspirante, mais en fait, ce n'est pas laid du tout. La salle de séjour doit être invitante et fraîche par temps chaud.

— Je suis décoratrice d'intérieur, dit la femme en observant mon visage. Vous aimez? C'est un essai.

— Oui, j'aime bien. J'ai l'impression de me trouver à l'intérieur d'une plante géante.

Elle rit.

— Eh bien, je pensais davantage à un jardin, mais merci quand même. J'ai tout recouvert de housses pour le printemps. Je les couds moi-même. L'hiver, j'aime utiliser des couleurs chaudes. Selon moi, il faut changer la décoration

de son salon chaque saison. J'essaie de décrocher
des contrats de décoration, mais c'est difficile.
Asseyez-vous. Voulez-vous un soda?

— Non merci, répondons-nous en même
temps.

— Je suis Chrissie Farmer, dit la femme. La
mère de Katie.

Elle allume une cigarette puis l'agite vers nous.

— Ça ne vous gêne pas si je fume?

C'est très poli, considérant que nous sommes
dans sa maison.

— Bien sûr que non, dis-je tandis que Mick
hoche la tête.

Elle expire un panache de fumée.

— De nos jours, les enfants sont très sévères.
Ce n'est pas comme au temps de ma génération.
Je dois vous dire que je n'ai pas vu Katie depuis
deux ans. Elle s'est enfuie de la maison. Êtes-vous
certains que nous parlons de la même personne?

— C'est l'adresse qu'elle a donnée, dit Mick.

La cigarette ne se rend pas jusqu'aux lèvres de
Chrissie.

— Ah oui? Eh bien. Je me demande si cela
veut dire qu'elle va revenir à la maison!

— Vous ne l'avez donc pas vue? dis-je.

— Vous croyez sans doute que je suis une
mauvaise mère, dit-elle en soupirant.

Mick et moi hochons exagérément la tête.

— Non, bien sûr que non, dit Mick.

— Elle vous a sans doute raconté des tas d'histoires, n'est-ce pas?

Elle expire de la fumée. Elle croise les jambes. Elle porte des mocassins or métallique et elle balance une jambe nerveusement, sans pouvoir s'arrêter.

Je serre la main de Mick pour qu'il se taise. J'ai l'impression que si nous nous taisons, Chrissie parlera. À l'instant même, je me demande ce que nous faisons chez cette femme et en quoi elle peut nous aider. Mais elle nous dévoilera peut-être quelque chose qui nous conduira à Katie.

— Katie voulait participer à des concours, dit-elle. Je ne l'ai jamais poussée à le faire. Elle adorait ça.

— Des concours? dis-je.

Chrissie se dirige vers un cabinet et en ouvre une porte. Des albums reliés en cuir dorment sur trois étagères. Les initiales K. D. P. sont gravées sur chacun d'eux.

— Des albums de coupures de journaux et de photographies, dit-elle en choisissant l'un d'eux.

Elle en caresse de la main la couverture de cuir. Puis elle vient s'asseoir entre nous deux, sur le canapé vert pâle, et nous devons nous tasser pour lui faire de la place.

—Vous voulez voir? demande-t-elle avec empressement.

À travers les boucles permanentées de Chrissie, le regard de Mick croise le mien. D'un signe de la tête, il m'indique la porte pour me dire : « Partons d'ici. »

Mais Chrissie commence déjà à tourner les pages. Je la prends en pitié. Elle semble seule, ici dans son salon bien agencé, dans son ensemble parfait et avec ses cheveux bien coiffés. Elle a perdu sa fille, comme la mère de Camille. Cela ne veut pas dire qu'il y a un lien, mais cela signifie qu'on lui doit bien un peu de temps.

— Nous aimerions bien voir les photos, dis-je en ne tenant pas compte de l'ordre muet de Mick.

Chrissie pointe du doigt une grande photographie glacée. Une enfant de trois ou quatre ans sourit à l'objectif, la tête légèrement penchée. Elle porte du rouge à lèvres rose, et elle est vêtue d'une robe de satin rose et de bottes de cow-boy blanches. Elle est blonde et toute menue, et ne ressemble en rien à la fille du centre commercial. Puis je reconnais ses grands yeux noirs.

— Vous voyez comme elle était jolie ? lance Chrissie en passant sa main sur la photo. La plus jolie fille du monde. On a pris cette photo quand elle a gagné le concours Miss Machines agricoles.

Mick tousse et se racle la gorge. On a l'impression qu'il se retient pour ne pas rire.

— Et celle-ci? dis-je rapidement en pointant du doigt une autre photo.

Cette fois, Katie est vêtue d'une robe longue et d'un boa de plumes. Ses cheveux sont remontés sur le dessus de la tête.

— C'était la Petite Princesse de la vallée de l'Hudson, dit Chrissie. Et elle a gagné le concours du plus joli sourire. Elle savait aussi danser le twist.

Mick me lance un regard par-dessus la tête penchée de Chrissie. Un regard qui veut dire: « On s'en va! »

— Chrissie..., dis-je.

— Regardez celle-ci!

Chrissie pointe du doigt une autre photo.

Et je dois regarder. Et je dois regarder la page suivante, puis la suivante. Nous voyons des photos de tous les concours, nationaux et régionaux. L'année de ses huit ans a été la meilleure. Elle a gagné un voyage en Floride avec sa mère.

Puis soudain, Katie se met à prendre du poids. Je remarque que ses cheveux ont commencé à foncer.

— Les années Mademoiselle junior n'avaient pas été les meilleures. Elle ne travaillait plus assez fort. Cette année-là, elle avait participé au concours de la plus jolie robe. Vous auriez dû voir la fille qui a gagné. Aucun talent! On a volé le titre à Katie!

Finalement, nous arrivons à la dernière photo de l'album.

— J'en ai d'autres, dit Chrissie sur un ton rempli d'espoir.

— Eh bien, dit Mick, tout cela est formidable, mais nous devons vraiment y aller.

— Oui. Je suppose que vous avez des choses à faire.

Chrissie semble déçue, mais elle nous sourit.

— Vous formez un joli couple.

— Nous ne sommes pas un couple, dis-je rapidement avant que Mick n'éclate de rire ou lance sarcastiquement : « Avec elle ? »

Nous nous levons. Chrissie nous reconduit vers la porte puis s'arrête.

— Voulez-vous voir sa chambre avant de partir ? Je l'ai décorée moi-même.

Nous hésitons.

— Allez, venez. Ça ne prendra que quelques instants. Vous pourriez peut-être en parler à vos mères. Le bouche à oreille, y a rien de mieux pour la vente.

— D'accord, dis-je.

Mick me retient par le blouson alors que Chrissie se dirige vers les escaliers.

— Dans quoi m'embarques-tu ? me murmure-t-il.

— On en a pour une minute.

— Lorsque je t'ai dit d'améliorer ton comportement social, ce n'est pas tout à fait ce que
j'avais en tête, marmonne-t-il tandis que nous
nous dirigeons vers l'escalier.

— Au moins, je ne suis pas en train de dire à
Chrissie qu'elle me rappelle ma cousine Hassie.

Des dizaines de photos de Katie sont accrochées au mur le long de l'escalier. Bouclettes
dorées, rouge à lèvres rose, mascara, robes de soirée vaporeuses, costumes de cow-girl, bâton de
majorette. Soudain, je m'aperçois que la maison
ne contient aucune photo récente de Katie. C'est
comme si celle-ci avait été immortalisée dans son
enfance de jolie fillette blonde.

La chambre de Katie est jaune et rose. Les murs,
de même que la tête du lit, sont tapissés de papier
peint couvert de marguerites. Sur sa commode, il y
a un vase de cristal rempli de marguerites de soie.

— J'ai refait la décoration pour ses seize ans.
Je voulais qu'elle ait l'impression de dormir dans
une prairie, dit Chrissie fièrement. Je croyais que
ça lui remonterait le moral. Les couleurs vives me
remontent le moral. Je porte toujours des couleurs vives quand il pleut.

Mick passe sa main sur une partie du mur où
le papier est déchiré.

— Ah, je ne prends jamais le temps de le
réparer. Ou du moins d'y accrocher une photo ou

autre chose, dit Chrissie d'un ton anxieux. C'était son mur d'exposition. J'ai fait encadrer toutes les ceintures de ses victoires — Petite Princesse d'Oneonta, des trucs comme ça — et certaines de ses meilleures photos de studio et je les ai accrochées là. Un soir, elle les a toutes décrochées et a déchiré le papier peint. C'est un papier de très bonne qualité d'ailleurs. Je ne vous dirai pas ce qu'il m'a coûté. Holà! Elle avait posé une affiche bon marché par-dessus.

J'aperçois une affiche enroulée dans un coin, près de la commode. Tout ce que je peux voir, ce sont des yeux. C'est l'affiche d'une quelconque actrice. Les yeux verts sur l'affiche semblent me suivre tandis que je traverse la pièce, comme le gars de *Gatsby le Magnifique* de F. Scott Fitzgerald. Nous avions lu le livre cette année au cours de littérature anglaise.

Soudain, je me mets à penser à Camille. Elle m'a emprunté ce livre et ne me l'a jamais rendu. J'ai eu un A à l'examen qui portait sur ce livre et elle a eu un C moins. Elle a jeté le blâme sur moi, disant que j'aurais dû l'aider à étudier. Mais elle n'avait même pas lu le livre. C'est à peu près à ce moment-là qu'elle a commencé à fréquenter les amis de Mick.

Je reviens sur terre et observe Chrissie. Elle est assise sur le lit et défroisse le couvre-lit.

— Elle me téléphone parfois. Elle sait que je

m'inquiète. Elle était si jeune lorsqu'elle est partie. Elle s'est enfuie. Au tout début, je ne savais pas ce qui lui était arrivé. J'ai appelé la police et tout le bazar.

Je jette un regard à Mick.

— Puis elle a fini par me téléphoner. Elle m'a dit qu'elle avait un boulot et un appartement et que je ne devais pas m'inquiéter. Mais elle ne voulait pas me dire où elle était.

Chrissie fond en larmes. Je prends un mouchoir de papier d'une distributeur fait au crochet et festonné de marguerites. Je le lui tends et elle se mouche.

— Ce sera toujours mon bébé, dit-elle en nous regardant.

Son mascara coule.

— Vous le lui direz, n'est-ce pas?

— Si nous la voyons, nous le lui dirons, dis-je.

— Elle est encore jolie, vous savez, dit Chrissie soudainement. Vous pouvez le voir à son ossature. Elle a la même que moi. Elle est formidable, je vous le dis. Même avec ses cheveux courts. Si seulement elle faisait quelque chose de sa vie. Lorsqu'elle était adolescente, je lui disais: «Chérie, tu dois sourire!» Elle n'appréciait pas tous ces cours — de danse, de maquillage et de posture. Mais elle devait apprendre à être gracieuse et

féminine, non? Je n'aimais pas qu'elle joue à des
jeux durs avec les enfants du quartier. Elle était
destinée à des choses meilleures. Et je crois qu'elle
me remerciera un jour. Je le pense.

Chrissie se mouche.

— J'en suis certaine, dis-je dans un murmure.

— Je n'aurais peut-être pas dû me remarier.
Mon bébé et moi ne faisions qu'un. Elle détestait
Vic. Évidemment, il s'est révélé être un bon à
rien. Mais il était très gentil avec moi, du moins
au début.

Chrissie se lève et lisse le couvre-lit. Elle se
déplace par mouvements secs, rectifiant l'aligne-
ment des figurines de cristal sur la commode,
redressant un abat-jour qui était parfaitement
droit.

— Puis elle détestait même son nom. Moi qui
avais mis tant de temps à le choisir! J'avais acheté
quatre livres de noms de bébés. J'avais dressé des
listes... lorsqu'elle a eu quinze ans, elle a dit
qu'elle voulait n'utiliser que ses initiales. Elle était
égoïste, c'est tout.

Chrissie ouvre un tiroir et en sort une enveloppe blanche. Tandis qu'elle la déchire, j'entends
des bruits de verre. Elle tient l'enveloppe pour
qu'on puisse voir ce qu'elle contient. À l'intérieur
se trouvent des marguerites en cristal brisées.

— Je les lui avais achetées pour son anniversaire, parce qu'elles allaient avec son nom. Elle les a écrasées devant mes yeux. Elle est partie pour de bon trois jours plus tard.

Les yeux barbouillés de mascara, Chrissie nous supplie de lui montrer un peu de compassion.

— Et elle a dit que j'étais folle, que je lui avais donné un nom ridicule. Mais c'est elle qui est folle d'avoir brisé ces jolies fleurs, non?

— Je suis vraiment désolée, dis-je.

Toute cette histoire est triste. Mais notre histoire l'est aussi, et nous n'avons plus de temps à perdre.

— Écoutez, Chrissie, lui dis-je, si nous voyons Katie, nous lui dirons qu'elle vous manque beaucoup.

Chrissie dépose l'enveloppe sur la commode.

— Merci.

Elle nous précède en bas. Lorsque nous arrivons à la porte d'entrée, elle se tourne vers nous. Son visage est rougi par les pleurs, mais elle nous fait un très grand sourire.

— Je dois être affreuse.

— Vous avez l'air très bien, dit Mick. Merci de nous avoir montré les photographies.

Nous descendons les marches du porche.

— N'oubliez pas de dire à vos mères que je suis décoratrice! s'écrie-t-elle avec espoir.

Mick fait démarrer la voiture et nous repartons.

— Oh là là! dit-il. C'était déprimant.

— Oui, et nous n'avons rien appris. C'est une drôle de coïncidence que Katie se soit enfuie de la maison. Mais je ne crois pas que cela ait un lien avec Camille.

— Avec une mère comme ça, je me serais enfui à Tombouctou.

— Après tout, nous avons planifié d'aller voir Katie au centre commercial demain, dis-je. Nous arriverons peut-être à la convaincre d'appeler sa mère.

— Ouais. Nous pourrions sans doute réunir Katie et Chrissie. Mais qu'en est-il de Camille?

8//Tiré par les cheveux

Nous sommes presque arrivés à la maison lorsque je me rappelle une chose. Les yeux verts sur l'affiche dans la chambre de Katie. C'était les yeux de Deva Winter.

— Tu ne trouves pas ça étrange, Mick?

Nous roulons tranquillement.

— Chaque fois qu'on se retourne, on aperçoit Deva Winter.

— Es-tu en train de me dire qu'elle aurait kidnappé Camille? demande Mick d'un ton aigri.

Il était sans doute encore blessé par le commentaire que je lui avais fait plus tôt. Je lui avais dit qu'il avait besoin de suivre un cours pour améliorer sa conduite automobile.

Je me retourne sur mon siège, dans la mesure où ma ceinture de sécurité me le permet.

— Andrew — si c'est son vrai nom — a mentionné le nom de Deva plusieurs fois dans le courrier électronique. Il a d'abord vu Camille au concours de sosie. Et Katie y était aussi! Puis j'ai aperçu une affiche de Deva dans la chambre de Katie.

— Si c'est une fan, c'est tout à fait logique, dit Mick.

Mais il fronce les sourcils et fait travailler sa matière grise.

— Il y a une autre coïncidence. Deva est en ville; elle tourne un film à Saratoga Springs, tu te souviens?

— C'est vrai. Mais qu'est-ce que tout cela signifie?

— Je ne sais pas, dit Mick. Il y a peut-être un lien entre tout ça.

— Tu te souviens quand Ronnie a dit que quelqu'un harcelait Deva à Los Angeles?

Mick hoche la tête.

— Attends, dis-je lentement. C'est un peu tiré par les cheveux, mais l'agresseur de Deva pourrait être Andrew. Il a peut-être décidé de suivre Camille puisqu'elle lui ressemble. Il ne peut sans doute pas s'approcher de Deva — je parie qu'elle a des gardes du corps. Mais, à défaut de Deva, Camille fait l'affaire.

— Camille! Ouais, c'est un peu tiré par les

cheveux. Mais nous devrions tout de même vérifier ça.

— Alors, par où commence-t-on?

Mick me regarde.

— Hé, tu étais bien partie. C'est à toi de
décider.

— Je suis vidée. À ton tour.

Mick conduit pendant un instant sans dire un
mot.

— D'accord, dit-il. J'ai une question. Comment Andrew a-t-il réussi à obtenir l'adresse de
courrier électronique de Camille?

— Excellente question. Et excellent point de
départ.

Le seul lien possible entre Andrew et Camille
était encore le fan club de Deva Winter.

Mais cette fois-ci, je demande à Mick de téléphoner à Ronnie.

— Tu lui as fait une si bonne impression, lui
dis-je.

Ronnie est enchantée d'avoir des nouvelles de
Mick. Lorsqu'il lui demande la liste des membres
du fan club, elle se fait un plaisir de le renseigner.
Je m'appuie contre Mick pour pouvoir entendre
ce qu'elle lui dit.

— Pas de problème, lui répond-elle.

Mick écoute et hoche la tête.

— Super ! dit-il. C'est exactement ce que je voulais entendre. Gardez la ligne.

Il couvre le microphone du téléphone.

— Ronnie a dit que le fan club avait un site Web sur lequel on trouve la liste des adresses en ligne des gens qui veulent converser à propos de Deva.

— C'est sans doute ainsi qu'elle a rencontré Andrew, dis-je. L'adresse de Camille est facile à deviner.

Mick hoche la tête et dit :

— C'est camiltano. Andrew a appris son nom de famille lors du concours.

— Il a ensuite accédé au site Web et a cherché une adresse de courrier qui correspondait à ce nom.

Nous entendons la voix de Ronnie dans le récepteur et Mick le porte vite à son oreille.

— Qu'avez-vous dit, Ronnie ? Je ne vous ai pas entendue... ah. Eh bien, je vous ai dit que Camille avait disparu, n'est-ce pas ? Nous avons élaboré une théorie et, selon nous, cet Andrew — ce n'est pas nécessairement son vrai nom — pourrait être l'agresseur de Deva.

Le visage de Mick change doucement.

— Vous en êtes certaine ?

— Quoi ? dis-je à voix basse.

— D'accord, dit Mick.

Je tire sur sa manche. Mick dit au revoir et raccroche. Il semble stupéfait.

— L'agresseur de Deva est une fille, dit-il.

Mick et moi tournons et retournons cette information dans tous les sens. Nous n'avons pas d'idée de génie. Puis, au bout d'un moment, nous entendons du vacarme en provenance de la cuisine. Nous sommes juste à côté, dans le salon, et le bruit a semblé très fort.

— Calme-toi, lui dis-je, quand je constate son étonnement. Ce n'est pas une fanfare qui accorde ses instruments. C'est ma mère et mon père qui commencent à préparer le souper. On est un peu à l'étroit dans la cuisine, alors ils se foncent toujours dedans et laissent tomber des choses. Ensuite, ils discutent longuement sur la manière dont ils pourraient rénover la cuisine s'ils avaient de l'argent. Puis ils se disputent au sujet des comptoirs et de l'évier. Honnêtement, je ne sais pas comment ils parviennent à nous faire à manger.

Au même moment, mon jeune frère Doug monte le volume de la radio dans sa chambre. Matt, qui vient de rentrer de son match de basket-ball après le travail, commence à chanter sous la douche. Puis Alex hurle :

— Je téléphone à Melinda, alors ne décrochez pas l'appareil pendant trente minutes ou je vous tue !

En d'autres mots, la demeure des Kurtz vient
de passer en mode de fonctionnement normal.

— Il y a un moment, l'après-midi, où cette
maison est sur le point d'exploser. Mais ça se
calme généralement après le souper.

— Ce doit être bien de vivre dans une maison
où il y a tant d'énergie, dit Mick.

— C'est moche, dis-je.

Puis maman passe la tête dans l'embrasure de
la porte.

— Mick, tu restes à souper?

Je lui jette un regard qui veut dire:
«Maman!» Était-il nécessaire qu'elle m'humilie
ainsi?

Elle ne me prête pas attention.

— Nous préparons un sauté thaïlandais.

— Il ne peut pas…, dis-je

— Je serais ravi, dit Mick en même temps.

Il me regarde. J'évite son regard, je suis gênée.
Mick a sans doute accepté parce qu'il ne voulait
pas se montrer impoli en refusant.

— Ce sera prêt dans vingt minutes, dit
maman. Si je peux convaincre ton père de couper
les champignons plutôt que de se disputer avec
moi au sujet des comptoirs de cuisine en granite.

— Mes parents suivent des cours de cuisine le
soir, dis-je à Mick lorsque ma mère retourne en
hâte à la cuisine. Leur sauté est très épicé. J'espère

que tu as apporté une plaque d'amiante pour ta bouche. Bref, ce sont de bons cuisiniers.

Je me rends compte que je suis en train de babiller parce que Mick me dévisage.

— Un souper, ce n'est pas de refus, dit-il, mais ce n'est pas pour ça que je reste.

— Tu as raison. Je suppose que nous n'avons pas de temps à perdre. Nous pourrions nous mettre en ligne immédiatement après le souper et lire des articles sur l'agresseur.

Mick a un sourire en coin. Je constate que ses yeux ont la couleur du miel lorsque les rayons du soleil traversent le pot de verre. Une tache pigmentaire dans l'un de ses yeux ressemble à un grain de beauté.

— Bonne idée! Mais ce n'est pas pour ça que je reste, dit-il.

Ma gorge se serre.

— Pourquoi restes-tu alors?

Il lève un coin de ses lèvres.

— Selon toi, Mina, pourquoi? me demande-t-il doucement. Tu peux tenter une dernière réponse.

Tranquillement, je me rends compte de quelque chose d'extraordinaire. Mick Mahoney flirte avec moi. Et je ne sais pas quoi faire. Il le sait. Je peux le voir à son sourire. Il est fier de me voir troublée. Il se venge sans doute des remarques brillantes que je lui ai faites dans la voiture. Il se moque de moi.

Mon visage rougit de nouveau. Je me détourne rapidement. Jamais, au grand jamais, je ne laisserai Mick Mahoney savoir qu'il m'a émue. Pendant un instant, j'ai presque cru qu'il flirtait avec moi parce que... eh bien, parce que ça lui chante.

Ce qui est plutôt ignoble, puisque la fille qu'il aime a disparu.

— J'ai trouvé, c'est parce que tu aimes la cuisine thaïlandaise, dis-je.

Après le souper, nous réquisitionnons l'ordinateur du salon et parcourons le Net à toute allure. Nous trouvons un journal de Los Angeles qui contient des archives et nous faisons une recherche en entrant le nom de Deva.

Deux articles sur son agresseur apparaissent. Nous consultons le premier qui a été écrit six mois plus tôt et dont le titre est: «Star blessée au cours d'une dispute avec une admiratrice».

Il s'agissait d'une jeune fille de dix-sept ans appelée Kristle Pollack. Une ordonnance du tribunal avait été rendue contre elle après qu'elle se fut secrètement installée dans une remise sur la propriété de Deva pour y surveiller les moindres gestes de la comédienne.

Kristle Pollack avait enfreint l'ordonnance. Elle s'était cachée sur la banquette arrière de la voiture de Deva. Celle-ci avait paniqué en découvrant Kristle. Elle avait freiné brutalement et heurté un palmier, se frappant ainsi la tête contre le volant. Ce n'était qu'une blessure légère. Puis elle avait tenté de s'enfuir et Kristle l'avait saisie à bras-le-corps. Les gens étaient accourus sur les lieux et les avaient séparées. Deva s'était foulé le poignet, mais n'avait aucune blessure grave.

Le deuxième article porte le titre suivant : «Deva Winter comparaît devant un tribunal et nomme son agresseur».

C'est un court article dans lequel on explique qu'un accord a été conclu entre les avocats de Deva et Kristle Pollack et que Kristle a été libérée.

Nous téléchargeons une photographie de l'agresseur, mais elle ne nous est pas très utile. Elle a été prise à l'extérieur du poste de police. On y voit une fille de taille moyenne courir en direction de sa voiture. Elle porte une casquette de baseball et des verres fumés. Elle a la tête penchée. Nous ne pouvons donc pas voir son visage.

— Ce pourrait être n'importe qui, dis-je.

— Mais on l'a arrêtée, dit Mick en pointant l'écran du doigt. Cela veut donc dire que l'on a pris sa photo, non ?

— Je suppose que oui. Mais elle est mineure. Le dossier sera donc confidentiel...

— Pas pour la police qui s'occupe de l'affaire ici, ajoute Mick. Nous devons lui présenter notre dossier. Tout cela n'est pas très logique, mais elle pourrait sans doute trouver une piste.

Je regarde ma montre. Il n'est que vingt heures.

— Appelons la police ce soir.

Nous téléphonons à madame Brentano qui nous explique que l'agent Tyson du FBI est chez elle et que nous pouvons discuter avec lui du dossier. On y va.

Nous leur racontons tout depuis le début et leur expliquons nos hypothèses sur le lien qui pourrait exister entre Deva Winter, son agresseur et la disparition de Camille. L'agent Tyson nous écoute, mais ne prend aucune note.

— Nous ne savons pas comment tout ça est relié, mais le nom de Deva Winter revient souvent, dis-je en terminant. Cette fille, Kristle Pollack, est peut-être la complice d'Andrew.

L'agent Tyson hoche la tête.

— Merci de votre contribution, dit-il.

Nous attendons, mais il n'ajoute rien de plus.

Il ne nous pose même pas une seule question. Madame Brentano est assise sur le canapé et fume nerveusement une cigarette. Elle a cessé de fumer il y a environ dix ans.

— C'est tout?

— C'est tout, me répond Tyson. Je ferai un rapport.

— Vous ne croyez donc pas qu'il existe un lien?…

Il soupire.

— Écoutez. C'est très bien de vouloir retrouver votre amie. Je vous admire. Mais tout d'abord, vous vous mêlez de choses qui concernent des professionnels, d'accord? Et ensuite, je ne vois pas le lien qui existe entre un enlèvement et une fan un peu fêlée.

— Ce n'est pas une fan, dit Mick. C'est un agresseur.

— D'accord, dit l'agent Tyson. Peut-être. Mais c'est sans doute un truc publicitaire. Pourquoi une vedette comme Deva Winter craindrait-elle une jeune fille de dix-sept ans? Voyons! Disons plutôt que cette Kristle Pollack est un phénomène. Vous n'avez toujours pas établi de lien entre cette fille et Camille.

— C'est votre boulot, dit Mick.

L'agent Tyson semble contrarié.

— Camille s'est enfuie de la maison, dit madame Brentano en expirant de la fumée. Elle n'a pas été kidnappée, d'accord? Je suis certaine qu'elle va téléphoner ou qu'on la retrouvera. Laisse les agents du FBI faire leur travail, Mina. Ils la trouveront. Elle essaie de me mettre dans l'embarras. Ou de rompre mes fiançailles avec Jonathan. Toute cette publicité m'a fait du tort, poursuit-elle. Tout le monde croit que je suis une mauvaise mère. C'est ce qu'elle voulait que tout le monde pense.

— Personne ne pense cela, Elaine, dit gentiment l'agent Tyson.

Madame Brentano tire une longue bouffée de sa cigarette. Une larme roule doucement sur sa joue.

— Elle reviendra à la maison, dit-elle.

J'ouvre la bouche, mais l'agent Tyson met sa main sur mon bras.

— Laissez-moi vous raccompagner, dit-il.

Il nous conduit au porche. Il nous fixe d'un regard de pierre.

— Écoutez-moi, les jeunes. Votre amie a sans doute été kidnappée, d'accord? C'est une affaire grave. Si vous accourez ici chaque fois que vous formulez une théorie idiote, vous allez rendre madame Brentano malade. C'est ça que vous voulez?

— Bien sûr que non, dis-je.

— D'accord, dit Mick, exaspéré. Nous ne voudrions surtout pas rompre ses fiançailles avec van Veeder.

L'agent Tyson dévisage Mick.

— Vous n'êtes au courant de rien, jeune homme, dit-il doucement. Alors surveillez ce que vous dites. Madame Brentano est contrariée en ce moment. Un criminel reconnu coupable et mis en liberté conditionnelle a été aperçu au centre commercial ce jour-là.

— Reconnu coupable de quoi? demande Mick.

— D'avoir kidnappé une adolescente dans l'Oregon, répond-il. Cet animal a été emprisonné pendant vingt ans et vient tout juste de sortir. La police avait eu de la chance à l'époque — elle avait réussi à retrouver l'adolescente alors qu'elle était toujours en vie. Elle avait treize ans. Il l'avait enterrée dans une boîte.

J'ai le souffle coupé. Mick se raidit. Nous restons là tous les deux figés sans dire un mot. J'ai l'estomac retourné.

— Madame Brentano est-elle au courant? dis-je.

— Oui, elle le sait. Et elle ne se sent pas très bien en ce moment. Vous voyez ce que je suis en train de vous dire?

Je hoche la tête.

— Nous ne voulons pas aggraver les choses.

— J'ai eu tort, dit Mick.

L'agent Tyson reprend un air moins tendu.

— D'accord. Écoutez, nous sommes également en train d'enquêter sur la jeune fille qui faisait de l'auto-stop sur Taconic. Nous ne savons rien encore. Rentrez à la maison et attendez. C'est tout ce que vous pouvez faire.

Mick et moi marchons lentement dans l'allée jusqu'à sa voiture. Nous parcourons les rues sombres sans dire un mot.

— Ce n'est pas tout ce que nous pouvons faire, dit Mick doucement.

J'attends.

— Nous pouvons parler avec Deva Winter en personne, dit-il.

9//Papillon

Lettre tirée du journal électronique de FAN nº 1

J'essaie vraiment d'être patiente. Mais parfois, je commence à croire que Camille n'est pas très gentille. J'ai essayé de lui faire comprendre que nous sommes toutes les deux dans l'industrie du spectacle et je lui ai raconté que j'ai gagné plusieurs concours de beauté et que j'ai l'expérience de la compétition. Et vous savez ce qu'elle m'a répondu : « Où se déroulaient ces concours ? À une exposition canine ? »

C'est vraiment méchant. J'étais furieuse. J'étais déjà furieuse quand j'ai vu sa cheville. Elle avait perdu sa chaussette. Elle avait un tatouage ! Un papillon. C'est censé être joli, mais je trouve ça affreux.

Deva n'a pas de tatouage. Deva a la peau parfaite. Tous les maquilleurs de Hollywood le disent. Ils la comparent à un rayon de lune sur de la soie.

Deva a dit un jour qu'elle ne se ferait jamais tatouer, parce qu'elle change d'avis souvent et qu'elle finirait sans doute par le regretter une semaine plus tard. De plus, Deva ne suit pas la mode. Elle est classique.

Camille s'est rendu compte que je l'observais. Elle semblait nerveuse. Puis elle a commencé à me poser des questions sur les concours de beauté auxquels j'ai participé. Comme si j'allais croire qu'elle était vraiment intéressée! Je ne lui ai pas répondu. J'essaie de trouver une manière de faire disparaître son tatouage. Je sais que les gens vont voir des médecins, mais que font ces derniers au juste? Les brûlent-ils? Peut-être que je peux arracher celui de Camille en le grattant avec quelque chose de très dur, comme de la paille de fer. De combien de couches se compose la peau au juste?

Voilà une autre chose à laquelle je dois réfléchir. Je commence à avoir mal à la tête à force de penser. J'aimerais que Camille soit plus gentille avec moi. Les choses ne se déroulent pas comme je l'avais prévu. Je croyais que nous serions amies maintenant.

10//Une machine
à stars

Mick semble si convaincu de pouvoir rencontrer Deva Winter que je suppose qu'il a un plan infaillible. Le lendemain matin, alors que nous nous rendons en voiture à Saratoga Springs, je lui demande de m'en parler.

— Je n'ai pas de plan.

— Tu n'as pas de plan !

Je dois crier à tue-tête en agrippant la poignée de la portière, car on roule à quatre-vingts kilomètres à l'heure et j'ai l'impression que la voiture est sur le point d'exploser.

— Crois-tu sincèrement que l'on puisse se pointer tout naturellement sur le plateau de tournage, aller trouver Deva et lui dire bonjour ?

— Parfois, il est préférable de ne pas avoir de plan, répond-il calmement. Nous devons être en

mesure de faire face à toutes les situations. De
négocier. De suivre le courant, ses intuitions.
D'être génial, quoi !

— Ou de flirter avec toutes les filles qui te
rappellent ta cousine.

— Exactement, répond Mick.

Le film de Deva, qui porte le titre minable de
Autumn's Spring, est tourné dans un vieux
manoir victorien de Saratoga Springs. Il paraît
qu'elle joue le rôle d'une tricheuse professionnelle des années 1890 nommée Autumn Pren-
dergast. On trouve facilement l'endroit, après
s'être renseignés dans une station-service.

De longues roulottes sont alignées dans la rue
et des barricades bloquent l'accès au trottoir
devant le manoir. Des techniciens sont en train
de monter le matériel d'éclairage et des gens font
le pied de grue, une tasse de café à la main. Mais
impossible de voir Deva ou des acteurs dans des
costumes du dix-neuvième siècle. On se dit donc
qu'ils ne sont pas en train de tourner pour le
moment.

On se planque derrière une barricade parmi
une foule de badauds. Au bout de quelques
minutes, des gens se lassent, quittent les lieux,
puis d'autres viennent prendre leur place. En peu
de temps, nous nous retrouvons devant, pressés

contre la barricade, en mesure de lorgner l'équipe de tournage.

— D'accord, maître, dis-je à Mick. On n'a aucun indice et encore moins de plan. Qu'est-ce qu'on fait maintenant?

Mick ne répond pas. Il fixe quelque chose et je suis son regard. Une fille un peu plus âgée que nous boit une bouteille d'eau d'Évian. Elle porte une casquette de baseball, des bottes de marche et un jean coupé aux genoux. C'est une jolie fille aux cheveux frisés noirs et au corps athlétique.

— Te fait-elle penser à ta cousine Hassie par hasard?

— Reste là une minute, me murmure Mick.

Mais je ne l'écoute pas et je le suis. Je ne veux pas refroidir ses ardeurs, mais comment puis-je résister à l'envie de le regarder passer à l'action?

Je me tiens un peu à l'écart pendant que Mick s'approche de la jeune fille. Elle paraît un peu distante au premier abord, mais je la vois esquisser un sourire quand Mick lui parle. Puis il s'approche d'elle et elle se met à rire. «Incroyable!» me dis-je en m'approchant à mon tour.

— Pas d'exceptions, lance la fille.

— Et une note? demande Mick. Allez, Rebecca. Donne une chance au coureur, s'il te plaît. Tout journaliste en herbe en a besoin.

— Pas de notes, répond la fille. Imagine-toi un fossé et un pont-levis, d'accord ? Quand on parle de Deva Winter, le pont-levis est toujours levé. Et je ne suis qu'une petite assistante à la production. Je ne peux pas m'approcher de la princesse.

— Tu n'es peut-être qu'une petite assistante à la production pour le moment, dit Mick. Mais tu es sur le point de devenir une célèbre réalisatrice. N'est-ce pas ?

Rebecca semble flattée.

— Oui, je l'espère.

Mick s'approche davantage.

— Écoute, dit-il d'un ton persuasif. Je ne lui dirai pas qui m'a aidé. Je le promets.

Il griffonne quelques mots sur un bout de papier.

— Remets-lui ceci. Et un jour, quand j'écrirai pour le *New York Times*, je ferai une critique de ton film.

Rebecca arbore un grand sourire.

— Je ne crois pas un mot de ce que tu dis.

Mais quand Mick lui tend la note, elle la prend.

— Je vais la donner à Tom, le préposé aux costumes. Il la remettra peut-être à Jennifer, l'assistante de Deva. Mais je n'en ferai pas plus. Même si ta fossette est irrésistible, mon beau.

Elle s'approche et effleure la fossette de Mick.

— Tu as conquis mon cœur, dit Mick. Je viens de rencontrer un ange.

Elle roule les yeux, mais lui accorde tout de même un superbe sourire. Elle se dirige vers les roulottes et je m'avance vers Mick.

— La prochaine fois, je vais m'apporter des antiacides, lui dis-je. Mon estomac ne peut vraiment plus supporter ce genre de chose.

— Vas-tu te détendre, Kurtz? me demande Mick en suivant Rebecca des yeux tandis qu'elle marche avec précaution parmi les câbles. Si on arrive à voir Deva Winter, je promets de t'acheter une caisse d'antiacides, c'est d'accord?

On attend près de la barricade. Quinze interminables minutes s'écoulent. Finalement, un gringalet tenant une planchette à pince sort d'une roulotte et s'avance vers nous.

— Mick Mahoney?

Mick fait un signe de tête.

— Suivez-moi.

On se faufile entre les barricades et on suit le gringalet. Il nous conduit à une grande roulotte, frappe à la porte, puis disparaît.

La porte s'ouvre grand. Une femme rousse portant des lunettes à monture noire se tient dans la porte.

— Alors? dit-elle.

Elle semble irritée par notre présence.

— Alors quoi? répond Mick.

— Pourquoi devez-vous voir Deva Winter sur-le-champ? Ne pouvez-vous pas prendre rendez-vous comme tous les autres journalistes? demande-t-elle.

— Pouvons-nous entrer? demande Mick.

Elle hésite.

— Une minute seulement.

À l'intérieur, la roulotte ressemble à un salon luxueusement décoré. Il y a une somptueuse moquette grise et un fauteuil recouvert de soie prune. Des chaises chromées avec des sièges en cuir marron sont disposées autour d'une table de travail en bois lustré. Un rideau gris à motifs, suspendu dans le corridor, habille le reste de la roulotte.

— Je vais aller droit au but, dit Mick.

— J'espère bien, dit la femme d'un ton acerbe en croisant les bras.

— En fait, je ne suis pas journaliste, explique Mick. Notre amie a disparu et le FBI croit qu'elle a été kidnappée. Nous avons des raisons de croire que la fille qui a harcelé Deva a quelque chose à voir avec cette disparition. Kristle Pollack.

— Mais que faites-vous ici? lance la femme.

Elle ne dit même pas qu'elle est désolée pour la disparition de Camille.

— Nous aimerions parler à Deva, si c'est possible, répond Mick.

Il maîtrise le ton de sa voix, mais je sais que la rudesse de cette femme l'irrite.

— Nous aimerions lui poser quelques questions, avoir certains détails, apprendre des choses que la presse ignore sur cette affaire. Quelque chose qui pourrait nous aider. Pensez-vous que Deva nous accorderait cinq minutes?

— Absolument pas, s'exclame la femme. Kristle Pollack est tabou pour Deva Winter. Elle ne veut plus en entendre parler.

— Alors, pourquoi nous avez-vous reçus? lance Mick. Deva doit être avertie. Et si Kristle était dans les parages?

— Impossible, réplique la femme qui paraît nerveuse.

— On l'a payée cher pour qu'elle se tienne à l'écart. Elle a signé une entente...

— C'est un agresseur, dis-je. Je ne suis pas criminologue, mais je sais que les agresseurs récidivent souvent. Notre amie Camille a disparu. Et il y a quelques semaines seulement, elle a remporté le concours de sosie de Deva Winter...

On entend du bruit, puis quelqu'un soulève brusquement le rideau. Deva Winter se tient dans le couloir. Elle porte une longue robe blanche des années 1890 avec un corset qui lui serre la taille. Par-dessus ses cheveux courts à la coupe si particulière, elle porte une longue perruque lustrée, parfaitement assortie à sa couleur naturelle, qui lui descend jusqu'à la taille. Elle est resplendissante. Personne ne parle. Ses grands yeux verts étincelants nous scrutent.

— Avez-vous dit que votre amie a disparu? demande-t-elle.

11//Elle se rapproche

Je fais signe que oui.

— Et nous espérons que vous allez pouvoir nous aider, dit Mick gentiment.

Deva retient toujours le rideau. Sa main fine s'y agrippe comme si elle avait peur ou était nerveuse.

— J'ai reçu une lettre de Kristle, dit-elle. Elle n'est pas censée communiquer avec moi, mais elle l'a fait. Je ne sais pas comment cette lettre s'est rendue jusqu'à moi, parce que Jennifer — elle pointe du menton la femme aux cheveux roux — ouvre tout mon courrier. Elle a été glissée dans la pile de courrier qui avait été ouvert. Il n'y avait pas de timbre ou de cachet de la poste, alors on a dû la livrer à la main. J'ai pensé que ça avait échappé à Jennifer. Kristle raconte qu'elle tente de se lier d'amitié avec une fille. Elle dit que bientôt, je saurai à quel point elle sait prendre soin de quelqu'un.

Deva frémit.

— Elle dit que cette fille me ressemble tellement qu'elle a l'impression d'être le plus près de
moi qu'elle le peut. Pour le moment.

— Avez-vous cette lettre?

Elle me fait signe que non.

— Je l'ai remise à la police, et elle l'a expédiée
à ses bureaux de Los Angeles, car c'est là qu'on
étudie mon dossier.

— Et qu'en est-il du courrier électronique
que Kristle vous a envoyé? demande Mick.
L'avez-vous conservé?

— Je... je crois qu'ils est toujours sur mon
disque dur, dit Deva d'un ton hésitant.

— Pouvez-vous nous en envoyer une copie?
demande Mick.

— Je ne sais pas, murmure Deva.

— Nous devons le demander à Ronald, lance
Jennifer.

— Ronald est responsable de ma sécurité,
explique Deva.

— Nous voulons seulement savoir si nous ne
pourrions pas trouver des indices, raconte Mick.
Si Kristle a quelque chose à voir avec la disparition de Camille, alors la police aura vraiment des
preuves contre elle. Ce pourrait être avantageux
pour vous aussi.

— Vous ne pouvez pas savoir ce que c'est, dit
Deva.

Ses doigts chiffonnent la soie du rideau, puis se détendent. Elle détourne le regard et fixe la fenêtre.

— Les gens croient que j'exagère. Que je suis nerveuse. Mais cette fille est folle. Personne ne veut croire à quel point elle est folle. Et la police ne peut rien faire. Elle ne m'a pas blessée. C'est moi qui suis rentrée dans un arbre avec la voiture. Elle m'a saisie à bras-le-corps, mais elle a dit aux gens que j'étais sur le point de me jeter sous les roues d'un véhicule. Elle n'a jamais transgressé de loi sauf la fois où elle est venue sur ma propriété. Elle m'a envoyé des cadeaux. Elle réussit à me retrouver peu importe où je suis. Elle lit tout ce qu'on écrit à mon sujet. Elle connaît les salles de conversation que je visite sur le Net, puis elle se joint aux conversations. Je crois que c'est ainsi qu'elle a découvert mon adresse de courrier électronique.

Elle tourne son visage vers nous. Un rayon de soleil frappe ses yeux et leur donne une teinte bleutée.

— Croyez-vous vraiment qu'elle soit ici ? soupire-t-elle.

— Nous l'ignorons, répond Mick.

— Ça suffit ! dit Jennifer d'un ton sec. Deva, vous devez manger et vous reposer. Tout cela est bouleversant. Vous devez tous les deux partir maintenant.

Mick sort rapidement un carnet de notes et me le tend avec un crayon.

— Mina va vous donner son adresse de courrier électronique. Vous n'avez qu'à nous envoyer les lettres de cette manière. Nous vous serions vraiment très reconnaissants.

— Elle est folle, vous le savez? demande Deva. Je l'ai vue en personne et je lui ai parlé. Elle est vraiment folle.

Deva disparaît, laissant retomber le rideau. Elle a été davantage une apparition qu'une personne réelle.

— Eh bien, au revoir, dit Jennifer sur un ton sec.

Mick pousse le carnet de notes vers elle en lui jetant un regard suppliant. Puis nous sortons de la roulotte en deux temps trois mouvements.

Nous n'avons fait que quelques pas quand Rebecca se rue vers nous. De ses deux mains, elle frappe la poitrine de Mick. Il recule en chancelant.

— Ordure! crie-t-elle. Salaud! Toi et ta maudite fossette!

— Eh! Qu'est-ce qui se passe? demande Mick alors qu'il reçoit une deuxième raclée.

— Je viens tout juste d'être congédiée, voilà ce qui se passe!

Rebecca crie.

— Et pas seulement moi, mais aussi mon ami qui a remis la note à Jennifer. Merci mille fois!

— Rebecca, je ne lui ai rien dit, je te le jure, dit Mick.

Elle lève les bras en voulant dire : « Et puis après? » Puis elle se retourne; ses bouclettes virevoltent et elle gesticule en direction de la roulotte de Deva.

— Quelle chipie! lance-t-elle avant de tourner les talons.

— Non, dis-je doucement en fixant la roulotte de Deva. C'est parce qu'elle est terrorisée.

12//Trahison

De l'agenda électronique de FAN n° 1

Comment a-t-elle pu me faire ça? Comment? Je la garde au chaud et lui laisse même regarder par la fenêtre de temps en temps. Elle m'a dit qu'elle voulait regarder la rivière. On allait devenir des amies! Elle a même promis de venir avec moi pour faire enlever son tatouage. Elle m'a dit qu'elle était d'accord, qu'elle le détestait, elle aussi. Un méchant copain l'avait forcée à le faire faire. On se rapprochait! J'étais si heureuse que j'ai même écrit à Deva; je m'étais juré de ne le faire que si j'étais certaine que Camille et moi étions de très bonnes amies.

Mais elle a tenté de s'enfuir. Elle m'a sauté dessus et m'a assommée. Maintenant, je sais qu'elle avait une pièce de métal rouillé — d'une vieille machine, et dire que j'ai balayé cette pièce de fond en comble — avec laquelle elle a scié ses liens.

J'ai dû la frapper. J'ai essayé de ne pas lui faire de mal! Mais elle m'a frappée aussi! Elle a fini par tomber et elle s'est cogné la tête. J'ai entendu un crac!

Je ne voulais pas qu'elle saigne. Je ne voulais pas qu'elle ait mal. Maintenant, elle est tellement calme. Je pense qu'elle s'est fait très mal. Elle respire. Mais elle semble très faible. Que devrais-je faire? Tout ça est de sa faute! Entièrement de sa faute! Maintenant, je ne peux vraiment pas la laisser partir. Deva ne comprendrait pas.

Maintenant, je ne peux pas la laisser partir. Que vais-je faire? Deva!

13//Tiens bon

— Tu es affreusement silencieuse, me dit Mick dans le vacarme du moteur sur le chemin du retour.

Je regarde les arbres défiler.

— J'ai un mauvais pressentiment, Mick. J'ai l'impression que nous n'arriverons pas à temps.

À Saratoga Springs, nous avons composé le numéro que l'agent Tyson nous a donné. Nous avons fourni les informations sur l'agresseur de Deva au FBI. Nous ne pouvions rien faire d'autre.

Mick acquiesce.

— J'ai la même impression. C'est pour ça qu'on ne doit pas lâcher. D'accord ? Récapitulons. Si Kristle est impliquée dans cette affaire, comment a-t-elle pu entrer en contact avec Andrew ? Par l'intermédiaire du fan club ? Ou ils se sont peut-être rencontrés en Californie, puis ils sont venus ici ?

— Quelle différence ça fait ? dis-je d'un ton épuisé.

J'appuie ma tête contre la fenêtre. Le froid de la vitre soulage mon front chaud.

— Je suppose que s'ils ne connaissent pas la région, ç'a dû être difficile de trouver un endroit pour la cacher, dit Mick. Soyons réaliste. Chaque ville à proximité de Mohawk Falls a bien une bâtisse, une usine ou une ferme abandonnée...

— C'est exact. C'est pour ça que le FBI a tant de pain sur la planche. Il existe des centaines d'endroits où ils ont pu la cacher. S'ils sont restés dans la région, bien entendu.

Le paysage change. Le printemps met du temps à arriver dans le nord de New York. Mais une fois qu'il est arrivé, il frappe de plein fouet. Ces derniers jours, tout a commencé à fleurir. Les arbres sont remplis de feuilles vert tendre, et les arbustes le long de l'autoroute sont d'un jaune éblouissant. Si Camille est prisonnière quelque part, est-ce qu'on lui laisse la chance de prendre l'air et de sentir le parfum du printemps ?

— Comment ont-ils fait, Mick ? Crois-tu que Camille savait qu'on la kidnappait ? Ils ont dû lui tendre un piège. Elle a dû les suivre de son plein gré au début. Sinon, comment ont-ils pu la faire sortir du centre commercial ?

— Une minute ! lance Mick. (Il donne un

coup sur le volant.) On suppose qu'Andrew est un homme. Et si Andrew était Kristle? Et si elle avait inventé ce nom pour se rapprocher de Camille?

Je me redresse lentement.

— C'est tout à fait plausible. On peut devenir n'importe qui sur Internet. Et Camille a dit qu'elle n'avait jamais parlé à Andrew au téléphone. Alors, ce peut être Kristle. Mais pourquoi Camy aurait-elle accepté de partir avec elle? Je veux dire Camille. Tu vois, je ne sais pas pourquoi Camille déteste ce surnom. C'est tellement difficile de changer quand on a appelé une personne par le même nom toute sa vie. Et ce n'est pas comme si on l'appelait Bouboule ou Boulotte...

Soudainement, j'arrête de parler. Je viens d'avoir une idée de génie. Dans mon emportement, je donne un coup de poing sur le tableau de bord.

— Hé! Je ne ferais pas ça si j'étais à ta place. On pourrait perdre une roue! dit Mick en me jetant un rapide coup d'œil. Qu'est-ce qu'il y a?

— Les surnoms!

Je me tortille sur le siège, tentant de glisser la main dans la poche arrière de mon jean. J'en retire un bout de papier tout chiffonné et je le lis.

— Je me suis trompée, Mick, dis-je en agitant le papier devant lui. La fille du comptoir de yogourt glacé a écrit l'adresse sur ce bout de papier. Je n'ai jamais regardé de l'autre côté, où elle a écrit le nom de Katie.

— Et alors? demande Mick en ne quittant pas la route des yeux.

— Ce n'est pas Katie, c'est K. D.!

— Kady? demande Mick.

— Non, les initiales K. D.

— D'accord, dit Mick lentement. Je suis sans doute stupide, je ne comprends toujours pas.

— Rappelle-toi ce que nous a dit Chrissie! Sa fille détestait son nom et a décidé d'utiliser ses initiales! Et tu te rappelles sa chambre? Il y avait des marguerites partout sur le papier peint, sur la tête de lit, sans compter celles en cristal que Katie a écrasées. Des marguerites de cristal, tu piges? Kristle Daisy*... c'est son nom. K. D.

— Un instant. (Mick dégage les cheveux de son front.) Tu es en train de me dire que Katie — je veux dire K. D. — est trapue et a les cheveux foncés?

— Et c'est pour ça que Chrissie n'a aucune photographie d'elle après l'âge de dix ou douze ans. Rappelle-toi quand elle a dit qu'elle était encore jolie... Elle semblait être sur la défensive. Elle a dit qu'elle avait une bonne ossature. Tu sais ce que ça veut dire?

---

* Marguerite de cristal en anglais.

— Oui, c'est comme dire qu'une fille a une belle personnalité, dit Mick en hochant la tête.

— De plus, l'album de photos portait des initiales dorées, tu te rappelles ? K. D. P.

— Le nom de famille de Chrissie est Farmer, ajoute Mick.

— Chrissie s'est remariée, tu te rappelles ? K. D. a probablement gardé son ancien nom. Elle détestait son beau-père.

— Donc, l'agresseur de Deva est la fille du comptoir de yogourt glacé, conclut Mick. Elle est dans les environs. Nous devons le dire au FBI.

— Et à Deva ?

Il me regarde.

— C'est jeudi aujourd'hui.

Je consulte ma montre.

— Et il est seize heures trente. Elle travaille. Allons-y !

Nous nous rendons à toute vitesse au centre commercial dans l'aire des restaurants. Une fille aux cheveux blonds bouclés travaille derrière le comptoir. On s'arrête à la fontaine, question de reprendre notre souffle. On observe le comptoir de yogourt glacé, mais il n'y a aucune trace de K. D.

Finalement, nous nous avançons. Nous commandons deux yogourts glacés avec des bananes.

Mick paie la fille. Il sourit.

— Dites-moi, K. D. est-elle là par hasard? Je crois qu'elle travaille aujourd'hui.

La fille hoche la tête.

— Elle ne travaille plus ici. Elle a donné sa démission. Une décision de dernière minute.

— Oh, dit Mick. Merci quand même.

On sort et on lance nos yogourts à la poubelle.

— Mick..., dis-je.

— Je sais, dit-il sur un ton neutre.

— Je me sens tellement impuissante.

— Il ne faut pas se décourager, dit Mick.

Ses doux yeux dorés croisent les miens.

— Parce que Camille est quelque part.

14//Le fleuve coule doucement

De l'agenda électronique de FAN nº 1

Le fleuve coule doucement, si doucement. Dans la pénombre, c'est comme de la soie. Et c'est frais et apaisant.

Il vous captive et vous berce, comme la mère que vous n'avez jamais eue. Il vous dit que vous êtes parfaite exactement comme vous êtes. Que vous n'avez plus besoin de vous inquiéter. Que tous vos cauchemars sont terminés. Il souffle ces mots sur les cailloux et le sable. « Reposez-vous maintenant, reposez-vous. »

Le fleuve murmure ces mots, et vous les laissez vous pénétrer ; les yeux ouverts, vous admirez les étoiles. Et quelqu'un vous ferme les yeux, et vous laisse partir.

Et le fleuve dit : « Ah... Vous voilà. Laissez-moi vous prendre dans mes bras. Laissez-moi vous bercer dans mes bras, doucement. »

15//Le pire n'arrivera pas

Mick et moi décidons de retourner chez moi et de vérifier mon courrier électronique pour voir si Deva nous a envoyé les lettres, puis Mick rentrera chez lui. Nous sommes tous les deux crevés.

Mick n'est pas tout à fait convaincu que K. D. est Kristle.

— Les initiales peuvent être une pure coïncidence, soutient-il. Si seulement nous avions une photo d'elle !

— Nous devons encore téléphoner au FBI, dis-je alors que nous tournons dans l'allée de ma maison.

Mick soupire en arrêtant le moteur.

— Je n'en ai pas envie. Les agents nous traitent comme des idiots.

— Mais ils nous écoutent, dis-je. Et nous n'avons pas le choix.

Au même moment, maman sort de la maison. Elle se tient sur les marches et nous attend. Je lui envoie la main, mais mon bras tombe quand je constate l'expression sur son visage.

Puis mon cœur s'arrête de battre.

— Quelque chose ne va pas, dis-je.

Mes doigts se coincent dans la poignée de la portière. Je cours, en trébuchant, vers la maison. Mick est derrière moi.

— Maman?

Elle pose les mains sur mes épaules.

— Ils ont trouvé un corps, me dit-elle. Ils l'ont trouvé dans les roseaux, sur le bord de la rivière. On l'a bourré de pierres pour qu'il coule, mais le courant était trop fort. Le corps correspond à la description de Camille, mais le t-shirt blanc et le jean qu'elle portait n'avaient pas d'étiquette. Il y a donc encore de l'espoir. Les parents de Camille doivent aller identifier le corps.

Papa nous conduit à la maison de madame Brentano. Mes parents ne disent pas un mot. Je devine que nous sommes tous en train de prier, d'espérer en dépit de tout.

Madame Brentano n'est pas encore partie pour la morgue. Ils n'y ont pas encore transporté le corps de la fille qui, je me le répète sans cesse, n'est pas Camille.

La mère de Camy fait les cent pas dans le salon tandis que monsieur Brentano reste assis sur le canapé, tenant la main de sa femme. Jonathan van Veeder est assis dans un fauteuil et semble dévasté.

— Je suis sûr que ce n'est pas elle, Sarah, dit monsieur Brentano à ma mère quand nous entrons. J'en suis sûr.

Maman serre madame Brentano dans ses bras. Elle la berce un peu, comme elle le faisait avec moi quand j'étais enfant.

Deux policiers entrent dans la maison sans même frapper à la porte. Ils murmurent quelque chose au détective qui est debout à côté des agents du FBI.

— Qu'est-ce que c'est ? demande madame Brentano en s'avançant vers eux. Avez-vous découvert quelque chose ?

— Nous sommes prêts à aller à la morgue, madame Brentano, dit gentiment l'un des agents.

— Oh ! dit madame Brentano dans un souffle. Mais je ne peux pas, dit-elle d'un air hébété.

Elle recule. Ses genoux heurtent un fauteuil et elle s'effondre dedans.

— Je ne peux pas.

Monsieur Brentano se lève.

— Pouvez-vous nous dire si elle ressemble à

Camille ? demande-t-il d'une voix enrouée. Pouvez-vous déterminer si c'est elle ? Avez-vous à nous faire subir tout ça ?

Le détective et les agents échangent des regards. Puis l'agent Tyson, qui a passé le plus clair de son temps avec madame Brentano, s'agenouille à côté d'elle.

— Votre fille a-t-elle un tatouage, Elaine ? lui demande-t-il doucement. À la cheville ?

Madame Brentano lève les yeux. Les larmes ont fait couler son maquillage. Son sourire est radieux.

— Non ! s'écrie-t-elle. Bien sûr que non. Camille ne ferait...

Mick cherche ma main. Il la serre très fort et me fait mal. Mais je m'en fous.

Je dois me forcer pour parler, même si je n'arrive plus à respirer.

— Que représente ce tatouage, agent Tyson ?

Il me regarde. Je remarque pour la première fois qu'il a les yeux bleus et de longs cils noirs. Je constate qu'il a un regard intelligent et plein de compassion.

Je sais maintenant que c'est la fin.

— Un papillon, dit-il.

16//Une pluie glaciale

Il pleut le jour des funérailles de Camille. Une pluie froide et drue tombe sans répit. Le ciel arbore une couleur des plus tristes, sans même un éclat de lumière.

C'est étrange comme le temps peut parfois s'allier aux événements de la vie et ainsi servir de décor à une tragédie...

Si je donne l'impression d'être insensible, c'est que rien ne me semble réel. On dirait une pièce de théâtre dans laquelle nous sommes les acteurs, pas de vraies personnes. On dirait que, à n'importe quel moment, Camille va surgir dans la porte et dire: «Je vous ai eus! Ce qu'on s'est amusés!»

Les jours précédant les funérailles ont été interminables. Chaque fois que je rencontrais quelqu'un, comme un commis de magasin, ou le facteur, j'avais envie de dire à celui à qui je tendais mon argent ou qui me remettait le courrier:

«Ma meilleure amie est morte cette semaine.» Je n'arrivais pas à croire que les gens puissent continuer à distribuer le courrier, à me rendre ma monnaie et à me souhaiter une bonne journée tandis que, quelque part, Camille gisait morte. J'avais l'impression que la Terre devait s'arrêter de tourner.

Les funérailles sont horribles. Je n'arrive pas à m'imaginer que le cercueil et Camille ne font qu'un. Ses connasses d'amies, comme Gigi et Pauline, ne peuvent s'arrêter de pousser des sanglots complètement exagérés qui résonnent dans toute l'église. J'ai envie de leur enfoncer leur mouchoir détrempé dans la bouche.

Mick est assis de l'autre côté de l'allée avec sa mère. Il me l'a présentée sur les marches de l'église. Elle lui ressemble. Elle a de tristes yeux dorés et des cheveux blonds comme les blés, ramassés sous un béret noir.

On suit le corbillard jusqu'au cimetière. Tout le monde a un parapluie noir sauf Mick. Le sien est rouge. Je n'ai pas quitté son parapluie des yeux durant tout le service funèbre. Mon père, ma mère et mes trois frères sont en avant. Ils m'ont gardé une place, mais je reste en retrait, à l'arrière. J'ai un parapluie pliant bon marché qui menace à tout moment de se retourner à cause du vent. Je dois tenir l'armature d'une main.

Je ne veux pas pleurer. Je regarde la terre entassée tout autour du trou béant. Elle se transforme tranquillement en boue. Je n'arrive pas à m'imaginer Camille étendue sous toute cette boue. Je chasse cette idée de ma tête.

Ils ont dit qu'elle était morte d'une blessure à la tête. Elle ne s'est pas noyée. Elle était déjà morte. Elle n'avait pas beaucoup d'ecchymoses, donc ils ont conclu qu'elle n'avait pas été maltraitée. Ils nous ont dit ça pour alléger notre peine.

Mais ses cheveux étaient coupés. Ses beaux cheveux noirs. C'est madame Brentano qui m'a dit ça en pleurant toutes les larmes de son corps, en sanglotant sur mon épaule et en répétant sans cesse « mon bébé, mon bébé », jusqu'à ce que je sois sur le point de hurler avec elle.

Près de la tombe, madame Brentano s'appuie sur son fiancé, Jonathan. Il ne cesse de lui tendre des mouchoirs. Il semble attentionné et déconcerté. J'ai envie de dire à Camille : « Hé, Nez de fouine n'est pas si mal après tout. Donne-lui une chance. Il prend soin de ta mère. »

Monsieur Brentano est à côté de sa femme et de ses deux jeunes filles. Ils ont l'air pâles et bouleversés. Je me rappelle comment ces filles torturaient Camille, lisant son journal et lui piquant ses sous-vêtements pour ensuite les cacher. Je me souviens que monsieur Brentano a oublié l'anniversaire de Camille le jour où elle a eu quinze ans. Je me rappelle que sa femme préparait toujours des gâteaux pour l'anniversaire de ses filles, mais en avait toujours un du commerce pour Camille.

La grand-mère de Camille est arrivée par avion de l'Arizona. Je l'avais rencontrée à quelques reprises. Je sais qu'elle adorait Camille. Mais Camille m'a raconté que lorsqu'elle est allée rendre visite à sa grand-mère, celle-ci l'avait plantée là et était partie jouer au golf toute la journée, ne sachant pas quoi faire avec elle.

Gigi pousse un autre sanglot théâtral. Elle s'appuie sur son amie Pauline. Je me rappelle quand Camille était en bisbille avec Gigi parce que cette dernière avait un faible pour Mick au moment où Camille avait commencé à le fréquenter. Gigi s'était organisée pour que toutes les filles cessent de parler à Camille pendant environ une semaine. Puis elle a craqué parce que le groupe de Mick donnait un concert avec un tas d'autres groupes et Gigi mourait d'envie d'y aller.

Pourquoi n'ai-je pas été plus aimable avec Camille ce jour-là au centre commercial? Je n'ai pas su lui dire: «Allez, Camy. Ne te fâche pas. En plus, tu détestes prendre l'autobus. Je vais te raccompagner chez toi.»

Ce doit être très étrange de se faire enterrer et de voir tous ces gens autour de vous en train de pleurer, ceux-là mêmes qui vous ont laissé tomber.

Le prêtre a fini de réciter ses prières. Gigi pousse, je l'espère, son dernier sanglot.

Le cercueil est en bois foncé poli. Un énorme bouquet de fleurs roses et blanches est posé sur le dessus et traîne dans la boue. Camille l'aurait détesté. Elle n'a jamais aimé le rose.

Puis, en pensant à ça, mes yeux se remplissent soudainement de larmes. Je serre le poing et le porte à ma bouche. J'ai un profond sanglot qui m'envahit les tripes. Tout mon corps semble vouloir éclater.

Le prêtre implore le ciel pour que le corps de Camille Elise Brentano repose en paix. Madame Brentano dépose une rose sur le cercueil.

Je remarque que tout le monde a une rose à la main. Les gens défilent devant le cercueil, un à un, et l'y déposent. Puis ils traversent le gazon détrempé pour regagner leur voiture.

J'ai les mains vides. Quelqu'un a distribué des roses, mais je n'en ai pas eu. Je me sens très mal. Je veux déposer une rose sur le cercueil de Camille. Je veux lui faire mes adieux privés.

Je sens une main sur mon bras. C'est Mick. Il me tend une rose blanche. Nous sommes maintenant seuls devant le cercueil. Ensemble, on s'avance vers la fosse. Je dépose la rose sur le cercueil de Camille.

— Mick ?

On se retourne. Gigi est devant nous, serrant fort son mouchoir.

— Tu viens ? demande-t-elle.

Mick me regarde. Puis il passe son bras autour de mon cou.

— Je reste avec Mina, dit-il.

Gigi a l'air foudroyée. Puis elle hausse les épaules comme si elle n'en avait rien à foutre et disparaît.

Mick et moi marchons vers sa voiture, nos parapluies s'entrechoquant à chacun de nos pas. On traverse rapidement la pelouse glissante pour ne pas entendre descendre le cercueil dans la fosse humide et noire.

Je ne sais pas si j'aurais pu passer à travers cette horrible journée sans Mick. Il reconduit sa mère à la maison, puis nous allons chez madame Brentano où tout le monde s'est rassemblé. Il nous déniche des chaises contre le mur. Il m'apporte une tasse de café et je la bois, même si je n'aime pas le café. Il m'apporte un sandwich, et même si je n'en prends qu'une seule bouchée, il ne me dit pas de le finir.

On ne parle pas. On reste là, assis. Des gens viennent nous parler, nous dire combien nous étions tous proches de Camille, et combien il est horrible de la perdre. De sa voix enrouée, Madame Brentano nous remercie d'être là.

Rien n'arrive à nous réconforter. Plus rien n'a d'importance.

Finalement, les gens partent. Maman se penche vers moi et murmure :

— On doit y aller maintenant, ma grande. Madame Brentano a besoin de se reposer. Jonathan va rester avec elle et sa mère passe la nuit ici.

Je regarde Mick, qui hoche la tête.

— Je vais rester un peu avec Mick, dis-je à ma mère. On va aller se balader en voiture.

Maman sourit à Mick.

— D'accord. Soyez prudents. Et faites-moi plaisir... Revenez pour l'heure du souper, ce soir.

— Je n'ai pas faim, dis-je.

— Ce n'est pas grave, dit gentiment maman. (Elle pose une main sur mon épaule.) Vous n'êtes pas forcés de manger. Venez seulement à la maison.

Je lui promets d'être là. La pluie tombe moins fort au moment où Mick et moi nous dirigeons vers la Volkswagen.

Mike conduit prudemment dans les rues obscures et ruisselantes. Les feuilles collent à la

voiture et à la chaussée, formant des plaques glis-
santes. Il n'est que seize heures, mais le jour est
sur le point de tomber et Mick allume les phares.
J'entends des coups de tonnerre au loin. L'orage
s'éloigne.

Pendant un moment, Mick conduit sans but.
Puis nous passons devant l'école. Il entre dans le
stationnement. Il s'arrête au beau milieu, puis
éteint les phares de la voiture. Nous fixons tous
deux l'école.

— As-tu repensé à tout ce qu'on a fait depuis
sa disparition? Crois-tu qu'on aurait pu être un
peu plus perspicaces ou découvrir plus vite ce qui
s'est passé?

— Oui, à chaque minute, répond Mick.
Penses-tu qu'on va réussir à se le pardonner,
Mina?

— Je ne sais pas. Je n'arrive pas à m'imaginer
à quoi ressemble le pardon.

— Tu as essayé tellement fort de la retrouver,
dit Mick.

— Toi aussi.

— Alors, pourquoi te sens-tu si coupable?
Je soupire.

— Je ne l'ai jamais dit à personne, Mick. Mais
ça me tracasse beaucoup. Camille et moi nous
sommes disputées ce jour-là au centre commercial. Elle est partie parce qu'elle était fâchée con-

tre moi. Si je m'étais montrée plus gentille, je l'aurais déposée chez elle. Et rien de cela ne se serait produit.

Mick se tourne sur son siège.

— Mina, c'est ridicule, dit-il. Tout ça aurait pu se passer n'importe quand. On croit qu'elle a été kidnappée par la personne qui harcèle Deva, d'accord? On sait comment procèdent ces gens. Ils attendent, puis ils guettent.

— Je suppose que oui.

— Allons marcher, dit-il.

La bruine s'est transformée en un fin brouillard qui colle à nos cheveux et à notre peau tandis que nous traversons le stationnement en direction de la cour gazonnée.

Le gazon est glissant et mouillé. On s'assied au milieu de la cour, mouillant nos vêtements propres. Mais le gazon sent si bon, et les gouttelettes, quand je passe mes mains sur les brins, les rafraîchissent. Je touche une goutte de pluie, la porte à mes lèvres, puis l'avale.

— Je vais te dire quelque chose que je n'ai jamais dit à personne, moi aussi, dit Mick. J'ai rompu avec Camille le soir précédant sa disparition.

Je me tourne vers lui et le dévisage. Il jette un regard sur la cour puis sur l'école.

— Elle a fait une crise. Elle ne voulait pas l'ac-

cepter. Elle m'a dit qu'on avait besoin d'une pé-
riode de réflexion. Mais j'étais bien décidé. Je lui
ai dit non. Je lui ai dit que c'était fini, et c'est tout.
On s'est disputés. Ce qui ne m'a pas étonné parce
qu'on passait notre temps à nous disputer. Pourquoi cela aurait-il été différent lors de notre rup-
ture?

— Elle ne m'en a pas parlé. Mais elle avait
l'air troublée. Et elle parlait déjà d'un autre
garçon.

— Mais la principale raison pour laquelle je
me sens coupable, dit Mick en ramenant ses
genoux vers lui, c'est que je ne l'ai jamais aimée. Je
sais que l'on était censés former un couple parfait.
Et tous mes copains m'enviaient. Elle est si jolie...
Elle était si jolie... Mais on n'avait jamais rien à se
dire. Et elle avait tant besoin de moi. Elle se dis-
putait constamment avec sa mère ou elle était
fâchée contre son père. Et elle pensait sincèrement
que Gigi était idiote. Elles n'étaient pas très
proches l'une de l'autre. Je pense que Camille
n'avait pas d'amis, à part toi. Et elle t'a laissée
tomber. En fait, je crois qu'elle se sentait très seule.

Je pense à ce que Mick vient de me dire. À son
sentiment de culpabilité. Mais je ne cesse de me
dire et de penser qu'il ne l'a jamais aimée.

Et ça me rend heureuse.

Bravo pour la culpabilité!

Mick arrache un bout de gazon et le lance.

— Donc, si je ne l'avais pas laissée, peut-être que j'aurais été avec elle ce jour-là. Elle ne serait jamais allée au centre commercial. J'aurais pu la sauver.

Je m'étends sur l'herbe mouillée. Je regarde le ciel gris et sombre.

— Si nous pouvions revenir en arrière et arranger les choses, la vie ressemblerait à une répétition et pas à la réalité, dis-je.

Il s'allonge sur le dos, tout contre moi.

— Je crois que tu lui manquais, dit-il. Mais elle n'avait pas assez de caractère pour laisser tomber Gigi et tout son monde. Elle aimait attirer l'attention. Elle aimait se sentir importante.

— Savais-tu que Camille avait tout en double? Deux garde-robes, deux exemplaires de chaque manuel scolaire et deux brosses à dents — une chez sa mère et l'autre chez son père. Elle était toujours tiraillée entre ses deux parents. Quand elle était enfant, ils la mêlaient toujours à leurs disputes. Mais ni l'un ni l'autre ne s'occupait vraiment d'elle. Je crois que c'est pour ça qu'elle aimait venir chez moi. C'est toujours tellement bruyant. Et parfois, Camy pouvait se montrer une véritable enfant gâtée avec sa mère. Chez moi, elle n'arrivait jamais à obtenir ce qu'elle voulait. Mes frères ne la laissaient pas faire.

— Parfois, on avait l'impression qu'elle détestait son père, dit Mick.

— Quand il s'est remarié, il n'avait plus beaucoup de temps à lui consacrer. Il a eu deux enfants, et Camy s'est sentie abandonnée. Il n'y avait plus tellement de place pour elle. C'est ce qu'elle disait. Elle n'allait plus chez lui tous les week-ends. Je crois qu'elle faisait ça pour qu'il la force à y aller. Mais il n'a jamais rien dit. Je crois que c'est à ce moment-là qu'elle a commencé à changer. Elle est devenue très malheureuse.

Mick se retourne pour me faire face. Son chandail blanc est trempé. Des gouttes d'eau perlent sur ses cheveux châtains.

— Crois-tu que nous l'avons tous laissée tomber?

Je fais oui de la tête.

— Je le crois également. Pauvre Camille.

Finalement, je me mets à pleurer. Les larmes commencent à couler sur mes joues, de plus en plus vite.

Le visage de Mick est crispé d'inquiétude.

— Mina...

— Ça va. Vraiment, je suis déjà toute mouillée.

Il laisse échapper un son refoulé, qui ressemble à un rire. Puis il me tire violemment vers lui. Je passe mes bras autour de lui, et on se tient l'un

contre l'autre tandis que la bruine nous tombe
dessus et que l'odeur du gazon nous enivre par
cette froide journée pluvieuse. Je pleure dans ses
cheveux, il pleure dans les miens. On sent la
douceur de la pluie sur notre peau. Et notre amie
est morte.

17//La case départ

Le matin suivant, tout le monde quitte la maison tôt. Maman et papa vont à la pépinière. Matt est parti travaillé. Alex est parti pour la journée avec sa nouvelle petite amie. Et Doug va au centre commercial avec son ami Scott.

Je suis donc seule, assise à la table de cuisine, dans mon peignoir. Je tiens une tasse de thé, prends une gorgée, grignote une rôtie, me demandant ce que je vais faire au cours des prochaines heures. L'école recommence demain, mais mes parents m'ont dit que je n'étais pas obligée d'y aller si je ne me sentais pas prête, ce qui est très gentil de leur part. C'est très bizarre de penser que ma vie va reprendre son cours normal, même si un gros morceau vient de disparaître.

J'entends frapper à la porte de la cuisine et je vois Mick par la fenêtre. Je n'ai jamais été aussi

heureuse de voir quelqu'un. Je me précipite pour
lui ouvrir la porte.

— Tu as l'air endormie, dit-il.

— Ça ne te tente pas de dire bonjour?

C'est étrange de le revoir après cette soirée
passée ensemble, alors que nous étions étendus
sur l'herbe, sous la pluie.

Je serre la ceinture de mon peignoir en che-
nille blanc. Je n'ai pas brossé mes cheveux ce
matin et ils sont probablement en pagaille dans
mon dos.

— J'ai trop dormi. Veux-tu du thé ou un jus
d'orange? Il y a aussi des rôties.

— Un jus d'orange fera l'affaire, dit Mick.
Merci.

Je lui en verse un verre. On s'assoit l'un en face
de l'autre à la table. Les rayons du soleil entrent
par la fenêtre et frappent la vieille table de ferme,
faisant ressortir la couleur miel du bois. Je ressens
une sorte de plaisir, puis je place mes mains autour de ma tasse de thé. Je me sens un peu coupable. Les funérailles ont eu lieu hier seulement,
et déjà je suis heureuse de prendre mon déjeuner
avec l'ex petit ami de Camille.

— J'ai pensé à une manière de nous déculpa-
biliser, me dit Mick.

— Comment?

— En poursuivant notre enquête. Écoute,

peut-être qu'il est trop tard pour mettre la main sur l'agresseur de Camille. Mais nous pouvons essayer de retrouver son assassin.

— Comment ? On est dans une impasse. On a dit tout ce qu'on savait au FBI.

Avant les funérailles, on a informé le FBI sur le lien qui pouvait exister entre Kristle et K. D. Mais on n'a pas eu de nouvelles depuis.

— As-tu vérifié ton courrier électronique dernièrement ? me demande-t-il.

Je secoue la tête, puis je le regarde. Deva !

On se précipite dans le salon, où je mets l'ordinateur en marche. Le petit drapeau qui m'annonce que j'ai reçu du courrier apparaît. C'est de la part de Jennifer, l'assistante de Deva. Elle nous a finalement expédié le courrier de Kristle.

Je parcours celui-ci. Mick le lit par-dessus mon épaule. Puis on arrive au dernier paragraphe de sa dernière missive.

Mais ne sois pas jalouse. Elle sera exactement comme toi...

Je touche l'écran de l'ordinateur.

— On devrait la montrer au FBI.

— Ouais, dit Mick.

— Donne-moi deux secondes pour que je m'habille.

Nous nous rendons aux bureaux du FBI où

l'agent Tyson nous reçoit tout de suite. Nous lui remettons une copie sur disquette du courrier et il le lit.

— Nous l'avons déjà, dit-il. Deva Winter nous en a envoyé une copie.

— Pensez-vous qu'il y a un lien? dis-je.

Il soupire.

— Écoutez, les jeunes. Ce qui est arrivé à votre amie est épouvantable. Et je suis désolé. Mais le meilleur service que vous pouvez lui rendre est de retourner chez vous. Nous allons trouver son assassin. C'est notre travail.

Il pointe des documents du doigt.

— Nous sommes en train d'étudier ce drôle de lien avec Deva Winter, d'accord?

— Et qu'en est-il de l'ex-détenu du centre commercial? demande Mick.

— Nous l'avons repéré. Il a un alibi à toute épreuve. Donc, nous suivons votre piste. Je vous le dis pour que vous laissiez tomber cette affaire.

L'agent Tyson nous regarde tous les deux sévèrement.

— Ce peut être dangereux. Laissez les professionnels s'en occuper. Compris?

— C'est compris, dis-je.

Mick fixe la corbeille à papier de l'agent Tyson, comme s'il était gêné d'être là.

— On vous a compris, dit-il.

Avant de sortir, Mick pointe du doigt le journal dans la corbeille de l'agent Tyson.

— Vous n'en avez plus besoin?

— Non, vous pouvez le prendre, dit Tyson d'une voix éraillée. Et ne revenez plus, d'accord?

Nous sortons dans la rue et nous dirigeons vers le stationnement où nous avons garé la voiture.

— Bon, je crois que nous devrions rentrer à la maison, dis-je.

Mick examine la section Art de vivre du journal.

— Hum.

— Le FBI semble bien s'occuper de l'affaire, dis-je. Si seulement on pouvait faire autre chose.

— Nous pourrions retourner à la case départ, dit Mick. Revenir au tout début. Là où toute l'histoire a commencé.

— Quoi?

Je le regarde, déconcertée. On s'arrête. Mick me met brusquement le journal entre les mains. Il pointe du doigt un article dont le titre est: « La star remonte aux sources ».

Je le lis. Il s'agit de l'un de ces articles pour faire mousser une célébrité: Deva. Un journaliste de la région a eu la chance de passer du temps avec la star, et raconte à quel point elle est simple. Selon lui, Deva ne tarit pas d'éloges sur la ville et dit qu'elle a beaucoup aimé son expérience de tournage, même si elle n'est sans doute pas sortie de sa roulotte ou de son hôtel. Ce qu'elle a préféré à Saratoga Springs, ce sont les bains d'eau minérale. Naturellement, Deva n'est pas allée au parc national pour se mêler au peuple. Elle a choisi le centre de thalassothérapie le plus luxueux de la ville.

— D'accord, dis-je. Je sais que Deva aime prendre des bains d'eau minérale et, selon elle, elle a fait l'expérience du meilleur traitement aux algues de sa vie. Et puis après?

— Mettons-nous une minute dans la peau de la personne qui la harcèle, dit Mick. Elle fait un acte monstrueux pour attirer l'attention de son idole. Ça ne fonctionne pas. Elle essaie de montrer à son idole comment elle pourrait la protéger, mais elle finit par tuer la personne qu'elle a kidnappée.

Je grimace. Cette « personne » était Camille.

— Continue.

— D'accord, poursuit Mick. Ne crois-tu pas que l'agresseur va vouloir rencontrer son idole pour lui expliquer ce qui s'est passé? À sa façon, bien sûr. Je te parie que Kristle meurt d'envie de voir Deva en ce moment, de lui parler.

Il pointe le journal du doigt.

— Et maintenant, elle sait comment s'approcher d'elle. Les centres de thalassothérapie ne sont pas protégés par des gardes de sécurité, Mina.

— Donc, tu veux mettre la main sur Kristle, dis-je lentement. Mais comment ? Deva nous a expliqué clairement qu'elle ne voulait plus nous aider. Si elle avait peur au début, à l'heure qu'il est, elle doit être terrorisée.

— Je ne pensais pas à Deva, dit Mick. Je pensais à un appât. Quelqu'un qui lui ressemble. Ou, du moins, quelqu'un qui peut se faire passer pour elle.

— Excellente idée, dis-je en remettant le journal à Mick. Mais où vas-tu dénicher une telle personne ? C'est que Deva Winter est drôlement belle. En plus, elle a beaucoup de style. On ne voit pas des tas de filles comme elle déambuler dans les rues tous les jours.

— Ne sois pas si modeste, me répond Mick.

Ça me prend plusieurs secondes avant de comprendre ce que Mick vient de me dire. Puis je remarque son regard.

— Moi ? dis-je d'un ton incertain.

18//Prête à tout

Tandis qu'on se dirige vers le nord, Mick m'assure que son plan ne comporte aucun risque. Il ne me mettrait jamais dans une situation dangereuse. Il me surveillerait constamment.

— Nous serons reliés par des téléphones cellulaires, me dit-il.

— Mick, nous n'avons pas de téléphone cellulaire.

— Laisse-moi m'occuper de ça.

— Tout ce que nous avons à faire, c'est d'attendre que Kristle se pointe. Elle doit probablement surveiller l'endroit, peut-être qu'elle n'y entrera même pas. Elle va attendre Deva, espérant pouvoir lui tendre une embuscade. Et le FBI arrive. C'est simple.

— Tout a l'air si simple, lui dis-je d'un ton hésitant. Mais bien des choses peuvent tourner au vinaigre.

— On va s'assurer que tout se passe bien.

— Comment?

Il prend la sortie pour Saratoga Springs.

— Nous allons visiter les lieux et penser à tout.

— D'accord, dis-je. Peut-être qu'on pourrait concocter un plan infaillible pour la cerner. Mais tu oublies le détail le plus important. Écoute, je suis prête à tout. Je veux mettre la main sur cette fille. Mais comment vais-je faire pour personnifier Deva Winter? C'est impossible!

Mick se contente de sourire.

— Laisse-moi faire, me répond-il.

Le centre de thalassothérapie se trouve dans la vieille partie de la ville, dans un vieil hôtel de style victorien. On se gare devant et on observe les lieux.

— Il y a un bar laitier juste en face d'où on a une vue parfaite sur la porte, dit Mick en pointant du doigt. Si j'avais à surveiller cet endroit, c'est là que je m'installerais. C'est de cet endroit que Kristle peut surveiller la porte avant.

— Mais comment va-t-elle faire pour savoir quand Deva viendra?

— Nous prendrons rendez-vous au nom de Deva, répond Mick. Nous connaissons le nom de son assistante. Tu peux te faire passer pour Jennifer.

— D'accord, dis-je. Mais comment Kristle va-t-elle découvrir la date du rendez-vous de Deva ?

Mick hausse les épaules.

— Sur l'ordinateur peut-être ! Elle sait sans doute pirater les systèmes. Ou peut-être qu'elle les fraude et qu'elle jette un coup d'œil aux carnets de rendez-vous. Kristle ne manque pas de ressources. Elle s'est arrangée deux fois pour obtenir l'adresse de courrier électronique de Deva. Elle lui a même envoyé une lettre. Mais, même si elle ne peut trouver la date de ce rendez-vous, peut-être qu'elle va surveiller l'endroit. On peut y venir tous les jours à la même heure s'il le faut. Mais je ne crois pas que ce soit nécessaire.

Mick se tourne vers moi, la main sur la poignée de la portière.

— Es-tu prête à visiter les lieux ?

— J'ai toujours rêvé de me faire envelopper dans des algues, dis-je.

À la réception, nous racontons à la fille que nous sommes des touristes et que nous voulons prendre un rendez-vous. Nous aimerions visiter les lieux. Pas de problème.

Le centre est magnifique, avec des planchers en bois dur blanchis et des murs blancs aveuglants. Une douce musique nouvel âge flotte dans la pièce et une odeur de citron et d'épices parfume l'air.

— C'est de «l'aromathérapie», nous informe la guide.

Elle nous fait visiter les bains d'eau minérale, le sauna et le bain de vapeur. Elle nous montre les salles de traitement, les vestiaires et la salle «anti-stress». Mais Mick et moi sommes davantage intéressés par les endroits où une personne pour-rait se cacher. On repère les armoires, les bureaux privés et les sorties de secours.

Quand nous revenons à la réception, nous prenons des rendez-vous, juste pour voir com-ment on procède. Mick avait raison. Tout est inscrit sur ordinateur.

Après la visite, nous examinons le station-nement arrière. Une porte en arrière du bâti-ment, réservée à la clientèle, mène au centre. Il y a également une porte de service sur le côté, qui donne sur une ruelle.

— Je suppose que Kristle surveillerait le cen-tre d'en avant. Elle pourrait ensuite venir ici et attendre que Deva sorte de sa voiture, dit Mick.

— Un instant, dis-je. Deva ne conduirait pas elle-même sa voiture. Sûrement qu'une voiture du studio la déposerait puis viendrait la chercher, ou l'attendrait à l'extérieur du centre. Que va-t-on faire alors? Louer une limousine? C'est sans espoir.

Je m'effondre sur le capot d'une Mercedes et

l'alarme de la voiture se déclenche, faisant entendre un bip électronique assourdissant.

Mick et moi sursautons comme des lapins. On descend la ruelle à toute allure jusqu'à la rue, où l'on s'effondre contre la coccinelle, écroulés de rire. Ça fait du bien de rire, même si ça ne dure que quelques secondes.

— Alors, maître ? Où allez-vous dénicher une limo ?

Mais Mick repousse ses cheveux en arrière et arbore un large sourire.

— Laisse tomber, dis-je en grommelant. Je te fais confiance, chef !

19//La transformation

Par chance, le voisin de Mick travaille au salon funéraire de la région. En plus de conduire des corbillards, il a aussi acheté une limousine pour conduire les membres de la famille des défunts aux funérailles. Mick lui a offert dix leçons de guitare gratuites pour qu'il lui prête sa limousine trois soirs cette semaine.

Mick et sa mère vivent dans le centre-ville de Mohawk Falls. C'est presque un quartier d'affaires et ce n'est pas ce qu'il y a de plus excitant. Tout le monde fait ses emplettes dans les magasins du voisinage, là où il y a plein de parcs de stationnement et où tous les commerces me sont familiers parce qu'on les trouve dans toutes les villes des États-Unis.

Le maire parle beaucoup de restaurer notre patrimoine, mais le centre-ville est encore assez miteux. De nombreux vieux bâtiments ont été

rénovés, et quelques cafés, restaurants et magasins d'ameublement assez branchés ont ouvert
leurs portes, mais peu de gens vivent ici. En fait,
je pensais que personne ne vivait ici jusqu'à ce
que Mick m'y amène.

Il gare la voiture dans une ruelle et me conduit
en haut de l'escalier extérieur d'une vieille maison pleine de recoins.

— Avant, c'était une maison de rapport,
m'explique-t-il.

Lui et sa mère vivent dans un appartement de
trois chambres à coucher au dernier étage. Les
plafonds sont en pente, mais c'est très haut. De la
fenêtre, on peut admirer toute la vallée.

Les meubles, qui semblent d'occasion, ont été
repeints et recouverts.

— C'est gai et clair, et je crois que ce doit être
confortable par une nuit froide d'hiver.

— Confortable ? répète Mick. Plutôt glacial.

Il traîne une vieille chaise turquoise en bois au
milieu du plancher de cuisine. Puis il étale du
papier journal tout autour.

Je le regarde nerveusement.

— Que fais-tu ?

Le sourire fendu jusqu'aux oreilles, Mick
pointe du doigt une paire de ciseaux.

— Bienfenue au zalon des rêfes, dit-il.

Je secoue la tête.

— Il n'en est pas question.

— Allez, dit Mick pour m'encourager. Tu as besoin d'un nouveau look.

— Merci, c'est gentil !

Son sourire s'estompe.

— Pour Camille ?

Je lâche un énorme soupir.

— Pour Camille.

Nerveusement, je m'assois sur la chaise. Mick tourne autour de moi et analyse mes cheveux. En toute honnêteté, je suis très fière de mes cheveux. Ils sont longs et épais, et je hurle si ma mère ose en couper plus de deux centimètres. Même si c'est très chaud l'été et que c'est un cauchemar de les laver et de les sécher, je n'ai jamais voulu les couper.

— Est-ce qu'une perruque ne pourrait pas faire l'affaire ?

— Les perruques bon marché se remarquent, me répond Mick en coupant une mèche.

J'aperçois la première boucle sur le plancher. J'ai envie de pleurer.

— Et un chapeau ?

— Fais-moi confiance, d'accord ?

Une autre longue mèche tombe sur le papier.

Je croise les doigts serré, je ferme les yeux et j'écoute le cliquetis des ciseaux.

Mick en est à la moitié de la coupe quand il entend la porte claquer.

— C'est moi!

— Je suis là! crie Mick.

Quelques instants plus tard, sa mère se tient dans la porte. Je la salue, mais sa bouche s'ouvre toute grande et son visage prend une expression d'horreur.

— Oh, mon...

— Qu'y a-t-il? dis-je, terrorisée.

— Passe-moi les ciseaux, dit-elle brusquement. (Elle me tape l'épaule.) Ne n'inquiète plus, ma belle. Je vais t'arranger ça.

— J'essayais de faire à Mina une coupe de cheveux à la Deva Winter. Ç'a l'air facile quand tu le fais, dit Mick à sa mère. Je pensais qu'il fallait simplement les couper court.

— C'est tout à fait ce qu'il faut faire si tu veux que Mina ressemble à un gars de l'armée, lance gentiment sa mère.

Je bondis de ma chaise.

— Un quoi?

La mère de Mick pose une main sur mon épaule et m'invite à me rasseoir.

— Ne t'inquiète pas, ma belle. Je suis coiffeuse. Je peux réparer n'importe quel désastre.

— Vous voulez dire que... c'est un désastre? Puis-je me regarder?

Elle soupire.

— À ta place, je ne regarderais pas. Tu es très

gentille et je veux que tu restes l'amie de Mick.
Premièrement, on doit te laver les cheveux.

Elle regarde Mick.

— Si tu lui coupes les cheveux à sec, Mina va
ressembler à Ronald McDonald.

Je jette un regard diabolique à Mick.

— Au moins, tu pourrais avoir gratuitement
des hamburgers au fromage, lance Mick pour
détendre l'atmosphère.

Madame Mahoney marmonne.

— Allez, Mina. C'est le temps de passer à
l'évier de la cuisine.

La mère de Mick lave mes cheveux avec un
shampooing délicieusement parfumé puis les
enveloppe dans une serviette. Elle les peigne doucement et défait les nœuds. Puis elle me rassoit
sur la chaise de cuisine et étudie mon visage. Dès
qu'elle coupe la première mèche, je sens que je
suis entre les mains d'une professionnelle. Tout
en chantonnant, elle me coupe une mèche ici et
là. Les boucles se succèdent sur le plancher. Je
sens la fraîcheur envahir mon cou, et je me sens la
tête légère.

Finalement, elle recule et hoche la tête.

— C'est terminé.

Elle me conduit au miroir de la salle de bains.
Je sursaute en m'apercevant dans la glace.

— Mes cheveux ! (Je touche les pointes qui

embrassent maintenant le contour de mes oreilles.) Je n'en ai plus.

— Tu es ravissante, me dit la mère de Mick d'un ton assuré.

Je me regarde de nouveau.

— J'ai des pommettes, dis-je d'un ton ravi.

— Et regarde un peu tes yeux. Tu as de très jolis yeux. Tu es magnifique. (Madame Mahoney me fixe dans le miroir.) Tu ne trouves pas, Mick?

Mick passe nonchalamment la tête dans l'embrasure de la porte de la salle de bains. Je me retourne, ravie de mon nouveau look. Mais Mick fixe ses pieds.

— C'est pas mal.

Madame Mahoney roule les yeux.

— Les adolescents. Ce sont les pires.

— Ne m'en parlez pas, dis-je en pouffant de rire. Toutefois, je ne ressemble en rien à Deva Winter. Mais j'ai sa coupe de cheveux.

— Pourquoi veux-tu ressembler à Deva? me demande sa mère.

— L'école organise une journée de sosies de célébrités, lance Mick.

Je regarde mes vêtements. Je porte un jean, mais ce n'est pas un jean *cool*. C'est mon jean délavé habituel à jambes droites. Et mon chandail n'est pas non plus du dernier cri. Sans parler de mes espadrilles en toile.

— Tu as besoin d'un coup de main, ma belle, dit la mère de Mick. Je crois qu'il est temps de dévaliser mes tiroirs.

En trente minutes, je suis transformée. Mes cheveux ont été coiffés, je porte du rouge sur les lèvres et mes yeux sont soulignés d'eye-liner. La mère de Mick a environ ma taille et je porte son jean noir et ses bottes à talons hauts. Après avoir essayé au moins une vingtaine de chandails, je me décide finalement pour un t-shirt blanc ordinaire appartenant à Mick. Madame Mahoney me noue un foulard rouge autour du cou. Puis j'enfile un blouson de cuir noir.

— Parfait ! s'exclame-t-elle. Tu as le look d'une actrice de Hollywood.

Je me regarde dans la glace. C'est moi, mais en version mode. Quand je sortirai d'une limousine, avec des verres fumés, on me prendra peut-être pour Deva.

Je ne peux croire ce que je vois dans le miroir. J'ai finalement fait le saut dans le monde des gens *cool*.

On se félicite tous et madame Mahoney se rend dans la cuisine en chantonnant pour nous préparer du thé.

Mick et moi on se regarde sans dire un mot. L'après-midi a été super. Mais maintenant, c'est le temps de passer aux choses sérieuses.

20//Sans anicroche

J'appelle le centre en me faisant passer pour Jennifer, ce qui veut dire que je suis impolie. Je dis que je désire prendre rendez-vous à dix-sept heures pour Deva chaque jour de la semaine.

Pas de problème.

Puis, quelques heures plus tard, j'appelle pour prendre rendez-vous à mon nom à la même heure.

Ils « réussissent » à me trouver une place.

Le lendemain, tout est organisé. Mick n'a pas seulement emprunté la limousine, mais aussi un uniforme. Il a emprunté également deux téléphones cellulaires et on programme tous deux nos numéros sur la composition automatique.

On part en limousine pour Saratoga Springs. Je m'assois en avant pour tenir compagnie à Mick, mais aussitôt qu'on approche de la banlieue, je saute sur la banquette arrière. En arrivant au centre, je mets mes super verres fumés, puis j'enfile le blouson de cuir. Je bondis de la voiture et me dépêche d'entrer dans le centre en prenant soin de camoufler mon visage.

On me fait les ongles, puis une «spécialiste de la peau» m'applique un masque de boue. C'est gluant et ça sent les marécages, mais une fois rincée, ma peau est resplendissante de santé. C'est fou les miracles qu'on peut faire avec un peu de boue.

Je flâne dans le grand vestiaire. Je feuillette des magazines dans le salon. J'attends que Mick me téléphone pour me dire que Kristle est à l'extérieur, qu'elle me surveille. Mais rien du tout. Je quitte le centre à la tombée du jour et je descends les escaliers en trombe — «Ne regarde pas autour de toi! m'a ordonné Mick. Les stars ne le font jamais!» —, puis je prends place sur la banquette arrière de la limousine.

— Tu as vu quelque chose? me demande Mick.

— Rien. Mais ma peau est magnifique.

Il fait démarrer la voiture en soupirant.

— Nous essaierons de nouveau demain.

Mais Kristle ne se pointe pas le lendemain non plus. Je prends un bain d'eau minérale qui, selon la préposée, va éliminer toutes les méchantes toxines de mon corps. J'utilise mes maigres économies pour financer cette embuscade et tout

l'argent que ma grand-mère m'a offert pour mes
anniversaires s'envole en boue et en algues. Le
centre est sur le point de me ruiner, mais je me
console en me disant qu'au moins, les pores de
ma peau seront désintoxiqués.

À ma troisième visite, j'opte pour un bain de
vapeur privé. J'entre dans la pièce vêtue d'un
peignoir en tissu éponge. Le cellulaire est dans ma
poche et je crains que la vapeur ne l'endommage.
Je suspends donc le peignoir à l'extérieur, près de
la porte. J'attrape quelques moelleuses serviettes
blanches qui sont déposées ici et là dans la pièce.
Je n'ose m'imaginer leurs frais de buanderie.

C'est la première fois que je prends un bain de
vapeur. J'ai l'impression de ne plus pouvoir
respirer, mais au bout de quelques minutes, je
m'habitue. Je m'allonge sur l'un des bancs en
séquoia et ferme les yeux. Je place une serviette
sur mon visage pour faire un mini-facial. Je commence à comprendre pourquoi les stars sont toujours aussi belles. Elles sont constamment
dorlotées. Ce centre ressemble à un atelier
d'esthétique automobile. Chaque partie de mon
corps est astiquée et polie, nettoyée et décapée.
Très vite, même moi, je serai magnifique.

Mick m'a répété mille et une fois que je suis en
sécurité dans le centre. Selon lui, Kristle ne
tentera pas de s'y introduire, mais il surveille tout

de même les entrées à l'avant et à l'arrière, dans la ruelle. Pour la première fois, je me détends. La vapeur me fait le plus grand bien. Et le centre fourmille de membres du personnel et de clients. Kristle serait complètement folle d'essayer d'aborder Deva ici.

« Elle doit être folle… »

Je sens un frisson courir le long de ma colonne vertébrale. Ou est-ce de la sueur ?

« Une minute ! Elle est folle ! »

À ce moment, j'entends la porte s'ouvrir doucement, puis se fermer. La vapeur est tellement épaisse que je ne peux discerner qu'une silhouette blanche. La silhouette jette de l'eau sur les « roches volcaniques au doux parfum d'herbes ». La vapeur s'intensifie.

J'entends une voix étouffée, polie.

— Deva ?

« Détends-toi. Ce n'est qu'une employée de la station qui me prend pour Deva. Elle vient s'assurer que mes toxines s'éliminent. »

Par-dessous la serviette, j'observe la pièce. Une silhouette dodue vêtue d'un tailleur trop ajusté s'avance vers moi.

— C'est moi, dit Ronnie Harbin. Je dois vous parler.

Je reste figée. « Ronnie. L'agresseur était Ronnie ! » Ce n'était pas K. D. Les initiales étaient une coïncidence. Kristle Pollack a changé son nom. Pourquoi n'a-t-on pas pensé à Ronnie ? Elle est si dévouée à Deva. C'est sa plus grande admiratrice...

« Garde ton calme », me dis-je. Je place la serviette sur ma tête un peu à la manière d'un capuchon, pour cacher mon visage. Lentement, je pose mes pieds par terre. Je dois me rendre au téléphone ! Je m'approche peu à peu de la porte.

— N'aie pas peur, dit Ronnie. Je n'arrive pas à croire que je fais ça. Je respecte entièrement ton intimité. Mais jamais je n'aurais cru que tu viendrais dans ma ville ! Je ne pouvais pas te rencontrer. J'ai essayé à maintes reprises. J'ai même attendu sur le plateau de tournage.

Je me déplace encore de quelques centimètres vers la porte.

— Tu ne peux pas t'imaginer à quel point je t'admire, dit Ronnie.

Je bondis du banc et me précipite vers la porte.

Ronnie m'attrape par le bras, mais j'arrive à me libérer. Elle chancèle vers l'arrière tandis que la serviette glisse de ma tête.

— Hé, vous n'êtes pas Deva ! Vous êtes...

Les yeux bruns de Ronnie s'écarquillent.

— Cette fille...

Je la pousse violemment. Elle atterrit sur le banc de séquoia. Je cherche à tâtons la poignée et

pousse sur la porte. L'air frais m'apparaît comme
un véritable soulagement.

J'appuie de tout mon poids contre la porte
pour la tenir fermée. Je sens des secousses. Ronnie
tente de la défoncer. Je tiens la porte fermée tandis
que je cherche quelque chose pour la barricader.

Quelqu'un a laissé un parapluie contre un
casier. J'arrive à garder la porte fermée tout en
m'étirant de peine et de misère pour attraper le
parapluie avec mes orteils. Je le tire vers moi.

— Laissez-moi sortir ! Laissez-moi sortir !
crie Ronnie en donnant des coups dans la porte.

Pour une fille de sa taille, elle n'est pas très
forte.

Rapidement, je glisse le parapluie sous la poignée. C'est un gros parapluie solide de bonne
qualité. Je vais tenir Ronnie prisonnière jusqu'à
ce que Mick arrive.

J'attrape mon peignoir et glisse la main dans la
poche pour prendre le téléphone. J'appuie sur la
touche de composition automatique et Mick
répond aussitôt :

— Je suis là.

— C'est Ronnie, Mick. Ronnie ! Elle est dans
le bain de vapeur. Dépêche-toi ! Je la tiens !

— J'arrive, me crie Mick.

Je colle ma bouche tout contre l'embrasure de
la porte et lance :

— Du calme, Ronnie ! Il n'y en a que pour une minute. Profite de la vapeur !

La porte du vestiaire s'ouvre en coup de vent. Du coin de l'œil, j'aperçois une employée du centre toute vêtue de blanc.

Gardant un œil sur la porte, je dis :

— Dieu merci. Je sais que ça peut sembler étrange, mais je tiens enfermée une dangereuse criminelle dans ce bain de vapeur.

Soudain, on me ramène le bras dans le dos, et je pousse un cri. Mes yeux se remplissent d'eau tellement j'ai mal.

— Vous croyez ?

La voix siffle dans mes oreilles.

Puis on me fait tourner sur moi-même et on me projette contre le mur des casiers. Ma tête va donner contre les carreaux et mes dents claquent. Je me mords la langue et j'ai un goût de sang dans la bouche.

K. D. — Kristle — me dévisage. Sa bouche est tordue dans une grimace de colère.

— Hé, qu'est-ce qui se passe ? dis-je en faisant comme si je ne comprenais pas. (« Où est Mick ? ») J'étais sur le point de...

— La ferme. (Elle me cogne la tête contre le mur une deuxième fois.) Allons-y.

J'ai la tête qui résonne et je ressens une atroce douleur quand Kristle me tord le bras dans le dos.

Je n'arrive pas à croire combien elle est forte. Elle m'enfonce une débarbouillette dans la bouche, puis me fait un bâillon avec la ceinture d'un peignoir. Elle m'enserre le poignet d'une seule main. Puis elle me pousse vers la porte qui donne sur le corridor.

« Mick ! Dépêche-toi ! »

Kristle jette un coup d'œil dans le corridor vide, puis m'y pousse, puis me pousse encore dans une autre pièce longue et étroite qui longe le corridor. Elle est remplie de tablettes où sont posés des draps, des serviettes et des peignoirs en tissu éponge.

Elle me pousse contre le mur. Je peux sentir sa sueur. Elle me dévisage et me reconnaît soudainement.

— Une petite minute. Je te connais.

Je hoche la tête vigoureusement.

— Oui, je te connais. Je sais exactement qui tu es.

Au mot « exactement », elle me plaque contre le mur.

— Tu es l'amie de Camille. La fille du centre commercial. Qu'est-ce qui se passe ? Où est Deva ? Je l'ai vue entrer.

Je hoche la tête. Ce simple mouvement me fait souffrir.

Kristle me tient par les cheveux tout en réfléchissant.

— Attends. Je commence à comprendre. C'était toi. Tu voulais que je te prenne pour Deva. Tu es sortie d'une limousine !

Je hoche la tête une fois de plus. Kristle me ramène violemment le bras derrière le dos et le tord. J'ai l'impression qu'il va sortir de son articulation.

— Allons prendre l'air, dit-elle.

Elle me force à marcher. J'essaie de trébucher, question de la ralentir, mais chaque fois que je fais une tentative, elle me soulève par le bras. Je vois des points de couleur tellement la douleur est intense. Je tente de faire tomber des objets sur notre chemin, espérant faire du bruit. Des piles de serviettes et de peignoirs tombent. Le tissu éponge n'émet aucun bruit. Mais au moins, je laisse des traces derrière moi.

Kristle atteint la porte qui se trouve au bout de la pièce étroite. Elle l'ouvre d'un coup de hanche. Je m'aperçois que c'est l'entrée de service de la buanderie ; elle aboutit dans la ruelle, sur le côté du bâtiment.

Mick doit être en train de libérer Ronnie du bain de vapeur, ne croyant pas un mot de ce qu'elle lui raconte. Il doit se demander où je suis.

« Cherche-moi, Mick. Tout de suite. »

La ruelle est sombre. Pendant que Kristle vérifie des deux côtés pour s'assurer que le champ est

libre, j'arrive à perdre volontairement l'équilibre
et à tomber. Mes genoux se fracassent sur le
béton. Mais la poigne de Kristle est de fer. Elle me
met violemment sur mes deux pieds.

J'essaie de me débarrasser du bâillon. Toutefois, j'ai l'impression que je vais m'étouffer ou
avaler la débarbouillette. J'essaie de la déloger
avec ma langue. À force de me démener, le bâillon finit par céder. Je le sens qui se desserre. Je
n'ai pas grand temps!

Kristle me traîne jusqu'à sa petite voiture brun
foncé. Tout en tenant fermement mes poignets,
elle glisse la clé dans la serrure du coffre. Mais
quand elle tente de l'ouvrir, je m'arrange pour me
tortiller un instant.

Je me débarrasse du bâillon et crache la débarbouillette. Je crie.

Kristle me flanque des coups de genou dans
l'estomac avec cette même expression de rage.

Je tombe et je cherche mon souffle, accrochée
à l'aile de la voiture. Kristle me prend le poignet
et le tord si brusquement que je vois des étoiles. Je
me demande si elle ne vient pas de le casser.

Kristle me soulève comme si j'étais une pou-
pée. Elle me jette dans le coffre. Je n'ai plus de
souffle, je ne peux plus crier. Je tente de lui donner un coup de pied.

Puis la porte donnant sur la ruelle s'ouvre et

Mick sort en courant. Il remarque aussitôt la scène et se précipite sur nous.

Kristle me repousse dans le coffre, et je lâche un cri de douleur en me frappant le poignet contre le pneu de secours. Elle claque la porte du coffre et je me retrouve dans l'obscurité la plus complète.

J'entends le claquement d'une portière, le vrombissement du moteur, le cri de Mick, le bruit de quelque chose qui heurte la voiture.

Les pneus crissent. La voiture accélère. J'entends le roulement des pneus sur la chaussée. Après de longues minutes, la voiture ralentit et avance à une vitesse normale.

Je sais maintenant que Kristle a réussi à s'échapper.

21//Pas de panique

Je ne sais pas ce qui me fait le plus peur. La douleur ou la pensée de ce qui m'attend.

Je lutte pour ne pas paniquer. Je ne peux pas beaucoup bouger. La roue de secours m'écrase la hanche. Je cherche un cric avec ma main valide, mais le coffre est vide.

Qu'est-ce que je peux faire? Il fait nuit maintenant. Mick n'est pas un expert en filature... Arrivera-t-il à suivre Kristle? À chaque nid-de-poule sur lequel nous passons, ma tête va se fracasser contre la porte du coffre, ce qui me donne l'impression qu'on roule très vite, mais en fait, je suis sûre qu'on roule normalement. Ça veut dire que Kristle n'est pas suivie. Ou qu'elle ne pense pas l'être. Elle ne veut probablement pas attirer l'attention. Je souhaite qu'elle fasse de la vitesse... la police pourrait l'obliger à s'arrêter sur le bord de la route. Je pourrais alors donner des coups de pied dans le coffre et crier.

Mais elle n'est pas stupide.

S'y est-elle prise de cette manière pour kid-
napper Camille ? Camille s'est-elle aussi trouvée
dans ce coffre ? A-t-elle aussi eu peur et mal, tout
en étant incapable de réaliser que ce qui lui arrivait était bel et bien réel ?

Toutefois, j'ai un avantage sur Camille. Je sais
de quoi Kristle est capable. Ce qui veut dire que je
dois tout tenter pour me sauver.

« Camille, avais-tu si peur que ça ? »

L'auto tourne un coin de rue. La douleur irra-
die dans mon bras quand mon poignet est pressé
contre la roue. Je me demande comment la grosse
limousine de Mick peut arriver à suivre la petite
voiture de Kristle. Il doit se tenir loin derrière elle
s'il ne veut pas se faire repérer. Et il ne doit pas la
perdre de vue.

« Camille, aide-moi. »

La route est moins cahoteuse maintenant et
nous roulons plus vite. Nous sommes sur l'autoroute. Est-ce que Mick nous suit ?

Soudain, j'ai une idée. Avec précaution, je me
glisse le plus que je peux vers l'avant. Je cherche à
tâtons jusqu'à ce que je sente le feu rouge arrière
gauche de la voiture. Je tire d'un coup sec sur les
fils.

C'est plus facile de suivre une voiture dont un

feu rouge ne fonctionne pas. Et peut-être que Kristle va se faire arrêter par la police. Si j'ai de la chance.

C'est la seule chose que je peux faire. Je tiens délicatement mon poignet. Il a déjà commencé à enfler. Je tente d'absorber les chocs. Et j'essaie de ne pas penser au fait que je pourrais manquer d'air.

À quelques reprises, la voiture ralentit, s'arrête puis repart. On a dû quitter l'autoroute. Au bout de quelques minutes, la route devient cahoteuse. Ma tête heurte sans arrêt la porte du coffre.

Quelles sont mes chances? Je suis blessée, j'ai mal et j'ai peut-être une fracture au poignet. Kristle est vraiment très forte. Je ne peux pas me battre contre elle.

Mais je peux la surprendre.

Je n'ai pas d'arme, mais j'ai mes pieds. Je donnerais cher pour avoir des souliers. Je dois essayer de lui donner un coup de pied en plein visage. Ou peut-être que je pourrais me servir de ma main valide pour lui donner un coup de poing dans les yeux. Est-ce que je suis capable de frapper quelqu'un aux yeux?

Je pense à Camille. Oui, je suis capable.

La voiture ralentit. On descend une côte. Doucement. J'entends le bruit des cailloux projetés par les pneus. Puis on fait un arrêt.

Je rassemble mes forces. Je suis prête à me jeter sur Kristle aussitôt qu'elle ouvrira le coffre.

J'entends un déclic, puis le coffre s'ouvre de quelques centimètres. J'attends.

Rien.

J'attends encore quelques minutes. Puis je pousse doucement dessus. Il n'y a personne.

Je sors péniblement du coffre, grimaçant de douleur à cause de mon poignet que j'appuie contre moi. Je sens une odeur qui m'est familière. Le fleuve. Je suis proche du fleuve. Je sais exactement où je suis maintenant. Il y a deux usines désaffectées en banlieue de Mohawk Falls. L'une fabriquait des jouets et l'autre du textile. La nuit tisse des ombres gigantesques.

Je sais maintenant où Camille a été gardée prisonnière. Mais la police et le FBI n'ont-ils pas fouillé ces usines? Je suis certaine qu'ils l'ont fait.

Je sens à peine les cailloux pointus sous mes pieds nus. Je longe la voiture du côté du conducteur. Il n'y a aucune trace de Kristle. Qu'est-ce qui se passe?

En me retournant, j'aperçois quelque chose s'avancer vers moi. Je sens un coup terrible derrière la tête, puis des étoiles explosent sous mes paupières.

22//Panique

L'obscurité. Une odeur de moisi. La dureté du sol. Le froid. Puis — ma respiration qui siffle entre mes dents quand je bouge — la douleur.

Une douleur atroce qui s'intensifie et qui me martèle le crâne. J'inspire et j'expire lentement. La douleur s'atténue, à peine, mais je sens un doux soulagement.

Je compte dix longues respirations. Je commence à recouvrer mes esprits. Je m'aperçois que j'ai les pieds ligotés. Mes poignets sont attachés au pied de je ne sais quoi. Une table? Mes doigts frottent contre quelque chose de froid. Du métal.

Le fait de plier les doigts déclenche une douleur dans mon poignet. Je gémis.

— T'es enfin réveillée? Mon Dieu!

La voix provient de l'obscurité. J'essaie de voir devant moi, mais je ne vois que du noir.

— Je ne voulais pas te faire de mal, dit Kristle.

Tu n'aurais pas dû essayer de t'enfuir. Tu n'aurais
pas dû essayer de me rouler.

— Je suis désolée, dis-je d'une voix rauque.

J'ai peine à parler tant j'ai la bouche sèche. Je
me rends compte que je suis assoiffée.

— Ce n'est pas vrai. On n'est pas encore des
amies. Quand nous serons des amies, tu seras
désolée. J'ai hâte.

Elle semble si calme. Tellement calme et tellement folle à la fois.

— Camille, dis-je de peine et de misère, tant
la tête m'élance.

— Elle était ici elle aussi. Ouais. Elle était très
jolie. Plus jolie que toi. Mais elle n'était pas très
gentille avec moi, tu sais. Je pensais qu'elle serait
gentille, comme Deva. Quand je lui ai offert au
centre commercial de la déposer chez elle, elle a
accepté. Elle était revenue te chercher, je crois,
mais tu étais partie. Je lui ai dit que je venais de
finir de travailler et lui ai demandé si elle voulait
que je la dépose. Je sais qu'elle pensait que j'étais
une conne. Une ratée. Je ne suis pas stupide. Mais
elle a tout de même accepté parce qu'elle détestait
prendre l'autobus. Nous sommes donc parties
dans ma voiture et je ne l'ai pas emmenée là où
elle voulait aller. Elle s'est fâchée. Mais elle ne
pouvait pas sortir de la voiture. Elle pensait que
j'allais lui faire les poches ou quelque chose du

genre. Je voyais qu'elle avait un peu peur. Je l'ai amenée ici et elle s'est mise à courir. J'ai donc dû l'assommer avec la pelle, comme je l'ai fait avec toi. Ça fait mal?

— Oui, ça fait mal. De l'eau?

— Oh, oui. D'accord.

Je devine une silhouette dans le noir. Kristle s'avance vers moi. Elle tient près de mon visage une bouteille d'eau que je bois à l'aide d'une longue paille en plastique. L'eau fraîche coule dans ma gorge.

— Merci.

— Je t'en prie. De toute façon, comme je l'ai dit plus tôt, toute cette histoire avec Camille a été très décevante parce qu'elle faisait semblant d'être mon amie. Comment t'appelles-tu? me demande soudainement Kristle.

— Mina.

— C'est un drôle de nom.

— C'est le diminutif de Wilhelmina. Le nom de ma grand-tante.

— C'est pas mal. J'aime les vieux noms. Je déteste les noms à la mode. Aujourd'hui, tout le monde s'appelle Maya ou Chanel. Ma mère est idiote. Elle m'a donné un nom ridicule. Kristle Daisy.

— Ta mère, lui dis-je à bout de force, tu lui manques beaucoup, Kristle.

— K. D. ! Je m'appelle K. D. Et comment ça se fait que tu connais ma mère ?

— Je l'ai rencontrée. Je suis allée chez elle. Je voulais... te connaître davantage. J'ai vu tes albums.

— Ils sont ridicules.

J'entends un bruit sourd rythmé, comme si Kristle frappait le sol avec son poing.

— Ridicule, ridicule, ridicule.

— Mais tu as gagné plusieurs fois, lui dis-je. Et tu étais très jolie.

— J'étais jolie. J'étais jolie, scande Kristle. Puis j'ai grandi. Et tout à coup, les gens ne me disaient plus que j'étais jolie. Savais-tu que Deva était mannequin quand elle était petite ? Mais elle, elle est restée jolie. Je crois tout de même que nous avons cela en commun. C'est dur de ne pas avoir d'enfance. On essaie toujours de plaire aux adultes et on ne se fait jamais d'amis. On s'habitue à toujours essayer d'avoir l'air jolie. Je n'ai jamais eu d'amis. Je n'avais que ma mère.

La voix de Kristle change. Elle devient doucereuse et chantante :

— Nous pouvons compter l'une sur l'autre, Kristle. Juste toi et moi, ma petite. On n'a besoin de personne. Embrasse-moi. Fais-moi un câlin. Fais-moi un sourire. Brille, ma petite étoile. Tu es tout ce que j'ai au monde. Et je suis tout pour toi.

Tu dois prendre soin de nous. Continue à danser. Tu dois t'exercer. Tu dois être la meilleure. Je sais qu'il est tard, petite fille, mais continue à danser!

— Elle a dit que tu lui manquais.

— Je ne veux pas parler de ma mère, compris? me dit doucement Kristle. Si tu veux qu'on devienne des amies, ne me parle pas d'elle. Le plus beau jour de ma vie, c'est quand je suis partie de la maison. Je n'avais plus de maison, mais je m'en foutais. À Los Angeles, je vivais dans la rue. Puis je me suis mise à fréquenter une salle de musculation et j'ai commencé à m'entraîner. C'était tellement *cool*. J'étais très bonne. L'entraîneur m'a donné des stéroïdes. Je suis très forte.

— Je sais.

Elle pouffe de rire.

— Ouais, je pense que tu le sais. J'ai remporté des championnats, tu sais? J'ai appelé ma mère pour le lui dire et elle m'a dit: «Ce n'est pas très féminin.» Elle ne m'a même pas félicitée. J'ai donc commencé à penser que je pouvais trouver un travail de garde du corps pour une vedette. C'est une chose dans laquelle je peux exceller. J'ai donc choisi mon actrice préférée. Mais ils n'ont pas voulu m'engager. Deva ne m'a même jamais vue. Son «monde» ne le lui a pas permis. Je savais que si elle faisait ma connaissance, elle m'aimerait! Les stars se lient d'amitié avec leur garde du corps, tu sais.

— Parfois.

Mes bras commencent à me faire souffrir. J'ai mal parce qu'ils sont tournés sur un côté et je ne peux m'étirer...

— Tout le temps! Je peux protéger Deva. Je n'ai pas tué Camille, tu sais.

La voix de Kristle est basse.

— Je te le jure.

— Que s'est-il passé?

— Elle a essayé de s'enfuir et elle s'est heurté la tête. Il y a plein d'objets dangereux ici. Je crois qu'elle s'est affolée parce que la police était ici; elle nous cherchait et elle ne nous a pas trouvées. Tu sais ce que c'est la prohibition?

Elle saute du coq à l'âne, c'est absurde. Ça me prend quelques minutes avant de comprendre sa question.

— Oui. Un peu. L'époque où il était illégal de vendre de l'alcool. Dans les années 1920.

— Exactement. L'alcool provenait du Canada. On le chargeait à bord de navires, ici même, et on l'envoyait à New York. Je crois que le propriétaire de cette usine était un bootlegger. C'est comme ça qu'on appelait ces contrebandiers.

— Camille..., dis-je pour la ramener à notre sujet.

— Ah oui. Eh bien, elle a donc atterri sur la tête et s'est fait une énorme coupure. Ça saignait beaucoup. Elle m'a demandé de l'amener à l'hôpital.

Je commence à pleurer. Je me mords la lèvre pour ne pas gémir trop fort. J'aimerais pouvoir me mettre les mains sur les oreilles. Je ne veux pas entendre ce qui s'est passé. Je ne peux pas. Je ne peux m'imaginer Camille, blessée, suppliante...

— Je lui ai dit que je l'amènerais. Et j'étais sérieuse! Mais un peu plus tard, car je devais avant tout dresser un plan. Parce qu'il ne fallait surtout pas que Deva découvre que Camille s'était blessée pendant que je la surveillais. Je ne pouvais pas laisser une telle chose arriver. Je ne me suis pas rendu compte que sa blessure était grave. Après tout, je ne suis pas infirmière!

Les larmes coulent sur mes joues, sur mon menton, puis atterrissent sur mon peignoir.

— Quand je suis revenue la voir, elle ne respirait plus. Je savais qu'elle était morte. Son corps était froid. J'étais hors de moi! Je lui ai crié après. Ç'a l'air fou, et je ne veux pas avoir l'air folle parce que je ne suis pas folle. Mais écoute-moi. N'importe qui aurait perdu les pédales si ça lui était arrivé, pas vrai?

Je ne réponds pas.

— Pas vrai?

— Tu as raison, dis-je d'une voix étouffée.

— Donc, je l'ai amenée au fleuve. J'espérais qu'on ne la trouve pas. La nuit était très noire.

La voix de Kristle devient hypnotique.

— Le fleuve était comme une épaisse marée d'huile noire. C'était magnifique. Je pouvais le goûter et le sentir dans l'air. J'ai mis des roches dans ses poches. J'ai fait une prière. Puis j'ai laissé le courant l'emporter. Je trouve que c'est une belle façon de partir dans l'autre monde, n'est-ce pas ? Les poissons nous chatouillent les orteils pendant qu'on descend ce long fleuve vert.

Elle se tait. Je pose la tête contre le métal froid de la machine à laquelle je suis ligotée. Je presse ma joue contre elle.

— Tu vois bien que je ne suis pas folle ? demande Kristle.

— Oui.

— Tu mens encore.

« Parle-lui. Convaincs-la que tu es son amie. Sois plus futée. Parle-lui. »

Si Mick a été capable de nous suivre, il devrait déjà être là. Je dois donc me débrouiller seule.

— J'étais l'amie de Camille pendant tout le secondaire. Nous étions très amies. On avait chacune un style très différent. Camille était assez enveloppée.

— Vraiment ? dit Kristle d'un ton intéressé.

— C'est vrai. Elle aimait les sucreries. Ses parents ont divorcé et je crois qu'elle avait trouvé un réconfort dans la nourriture, tu comprends ?

Et moi, j'étais très, très mince. Presque maigre. J'avais de longs cheveux frisés. Mais on s'en foutait parce qu'on pouvait compter l'une sur l'autre.

— Ça c'est bien, dit Kristle. C'est bien l'amitié.

— Puis, l'été dernier, Camille est allée à la plage avec sa mère.

J'ai la tête qui m'élance, mais j'essaie de me concentrer, de trouver les bons mots.

— Elle s'est fait couper les cheveux, elle a perdu du poids et s'est acheté de nouveaux vêtements. Elle s'est même fait un petit ami. Quand elle est revenue à l'école, elle était complètement différente. Et nous n'étions plus des amies.

— Tu veux dire qu'elle t'a laissée tomber?

— Si on veut. Elle s'est fait de nouveaux amis. Des personnes *cool*, tu vois? Et elle a commencé à fréquenter plein de gars.

— C'est horrible! me dit Kristle. Tu sais, je ne l'ai jamais aimée.

— Alors, tu vois que je sais ce que c'est que d'être seule.

— Oh, dit Kristle. C'est difficile, n'est-ce pas?

— C'est très dur. C'est pour ça que je crois que nous pouvons devenir des amies.

— As-tu déjà fait quelque chose de méchant? me demande Kristle d'une voix basse.

— Au cours de sociologie, l'automne dernier,

on devait faire une recherche en équipe. C'était
avant que Camille me laisse définitivement tomber. Elle s'était liée d'amitié avec une fille, Gigi,
qui était la plus *cool* des personnes *cool*. Peu importe. Camille et moi avions l'habitude de faire
équipe ensemble pour les recherches. Mais cette
fois-là, elle ne m'a même pas regardée. Elle a
regardé Gigi. Puis les deux se sont fait un signe de
tête, ont souri et je ne sais pas laquelle des deux je
détestais le plus, Gigi ou Camille. Après le cours,
Camille m'a dit qu'elle avait choisi Gigi parce
qu'elles avaient les mêmes intérêts. Comme si
Camille s'intéressait à la sociologie, et comme si
Gigi avait une cervelle. Racontez ça à quelqu'un
d'autre. Donc, le jour où elles devaient faire leur
présentation, j'ai ouvert le casier de Camille — je
connaissais encore sa combinaison. J'ai volé la
cassette du magnétophone qu'elle allait utiliser
pour sa présentation. J'ai pensé que Gigi allait
blâmer Camille d'avoir oublié la cassette, et
qu'elles allaient toutes deux se disputer.

— Que s'est-il passé? demande Kristle.

— Gigi n'a même pas paniqué. Elle s'est mise
à rire et à traiter Camille d'écervelée. Puis Camille
a éclaté de rire et s'est dit qu'elles allaient probablement avoir un D, de toute façon. Je me suis
rendu compte que j'avais fait tout ça pour rien.

— Alors tu sais ce que c'est que de vouloir

faire des choses méchantes parce que les gens ne t'aiment pas, dit Kristle.

— Je le sais, Kristle. Tout le monde le fait. Tout le monde sait combien c'est difficile. C'est pourquoi, si tu me laisses partir, tout le monde va comprendre pourquoi tu as fait ça.

Kristle a une voix étouffée.

— Je ne le crois pas.

— Je vais les aider à comprendre, lui dis-je. Je vais parler en ton nom. Nous affronterons tout le monde ensemble.

— C'est très gentil.

J'entends des bruissements. Kristle rampe vers moi. Elle s'approche, assez près pour que je sente son haleine sur mon visage. C'est aussi paniquant que de se retrouver face à face avec un ours.

— Je suis vraiment désolée, Mina. Vraiment. Mais ne vois-tu pas ? Je ne pourrai jamais te laisser partir.

23//Des mesures désespérées

D'accord. J'ai peur. Et j'ai mal. Une partie de moi sent chaque particule de poussière sur le plancher et une autre partie de moi a l'impression de flotter au-dessus de mon corps.

Mais mon cerveau fonctionne bien. Peut-être mieux qu'il n'a jamais fonctionné. Parce que je n'essaie pas de me creuser les méninges pour me souvenir d'un événement ou d'un logarithme. C'est parce que je sais ce qui se passe et que je fais le lien entre les événements.

Voici comment : Kristle attaque quand elle a peur, qu'elle est coincée ou qu'elle se sent trahie. Par contre, il lui serait très difficile de tuer de sang froid.

Donc, le mieux est de la faire parler. Ou d'essayer de la faire partir pour que je puisse chercher une façon de me sauver.

Camille avait essayé. Il y a peut-être une façon.

La poussière contenue dans l'air chatouille mon nez. Je sais que si j'éternue, je vais avoir l'impression que mes yeux vont me sortir de la tête. Donc, je ferme les yeux et j'essaie de me faire passer l'envie.

Il y a tellement de poussière et de moisissure. Je le sens. Ça sent le vieux chalet miteux devant lequel on aurait placé un énorme ventilateur qui vous souffle toutes les moisissures dans le visage. Mes parents avaient l'habitude de louer un chalet sur le bord d'un lac dans le Maine, et mon frère Doug avait toujours des problèmes. Il est asthmatique.

Puis, à ce même moment, j'ai une idée de génie. Ça va peut-être marcher. Je sais à quoi ressemble le sifflement d'une personne qui fait une crise d'asthme. Je peux simuler une crise. J'avais l'habitude d'imiter Doug, pour rire de lui, avant que maman me dise d'arrêter.

« Ne pense pas à la maison. »

Je commence par une inspiration râpe. Puis je respire bruyamment. Une autre fois, mais plus fort.

— Hé..., me dit Kristle.

Une autre inspiration sifflante.

— Qu'est-ce qui ne va pas?

— Je... je suis allergique, dis-je péniblement. À la poussière.

— J'ai passé le balai!

Puis j'exagère ma respiration. J'espère que Kristle n'a jamais vu quelqu'un faire une crise d'asthme, parce que je suis plutôt pathétique.

Mais elle embarque.

— Ne peux-tu pas te calmer? Tu aggraves ton état.

Elle semble nerveuse.

— Je... je ne peux pas. J'ai besoin de ma pompe. Au centre.

— Je ne remets pas les pieds là! s'écrie Kristle. Il n'en est pas question!

— Il y a des produits qui se vendent sans ordonnance, lui dis-je d'une voix rauque. Des médicaments que je peux prendre. S'il te plaît? N'importe quelle pharmacie.

— Il n'en est pas question.

Elle semble hésitante.

Chaque respiration difficile que je prends me martèle la tête. Je serre les dents pour supporter la douleur. J'ai l'impression que je vais perdre con- naissance. Je ne peux pas continuer ainsi. Je ne peux plus. Mais il le faut...

— Arrête! Tu me rends folle! Ferme-la! me dit Kristle nerveusement.

Mais, quelques instants plus tard, par-dessus

mes respirations, j'entends le bruit d'une démarche traînante. Kristle quitte l'usine.

Je plisse les yeux pour mieux distinguer les choses dans l'obscurité. Je ne vois rien. Puis j'entends un grincement.

Finalement, j'arrive à discerner la porte. La lune doit être pleine et éclairer la pièce voisine, car soudainement, je vois des silhouettes et des formes. Je vois Kristle se faufiler par une porte et la refermer derrière elle. Il n'y a même pas un filet de lumière. Je suis plongée dans l'obscurité totale.

J'ai les mains attachées au pied d'une machine quelconque, mais j'arrive à glisser mon poignet le long du pied. J'explore le plancher avec mes orteils. Il est en bois, inégal, avec de profondes rainures. Ce doit être les marques laissées par les machines qu'on a déplacées.

Puis mes orteils touchent quelque chose de froid et de lisse. Avec mon pied, je tente de le ramasser, mais il retombe avec un cliquetis sur le plancher. Finalement, à bout de force, j'arrive à le ramasser entre mes deux orteils. Je le fais glisser vers moi. Je suis capable de lever le pied et de le porter vers ma main valide.

C'est une barrette. Celle de Camille ! Elle la portait ce jour-là. Elle est en métal avec un motif coloré sur le dessus. Le bout du fermoir me pique

le doigt. Je le tâte. C'est coupant. Camille l'avait
aiguisé ! Peut-être contre le métal de la machine.

Cette fois, je glisse mes poignets aussi loin que
je peux, ignorant la douleur qui se propage dans
tout mon bras. Je sens au bout de mes doigts une
sorte de joint. Il n'est pas très serré et il bouge. Je
plisse les yeux pour voir dans le noir et j'explore
par tâtonnements. Il manque deux vis.

Camille avait utilisé la barrette comme tour-
nevis. Elle avait réussi à desserrer les vis. Maintenant, je peux voir la peinture éraflée sur le métal.

Autrefois, il devait y avoir deux pièces qui
fixaient le pied à la machine. Camille en a probablement dévissé une. Je peux voir sa jumelle, encore
vissée à la machine. Sur un de ses côtés, des dents
s'engrènent dans une roue. Camille avait peut-être
essayé de s'en servir comme arme. C'est peut-être
là-dessus qu'elle s'est heurté la tête. Le bout est
tranchant et peut facilement blesser quelqu'un.

Je me rends compte que l'autre attache va
mettre des heures à se dévisser. Par contre, la
roue n'est retenue que par une vis à la machine.

Avec la barrette de Camille, je travaille la vis
en la grattant et en la dévissant. J'ai l'impression
que ça prend des heures, car à chaque minute, je
dois ramener mes poignets vers moi pour les
reposer. Mes bras me font souffrir. Mais je sais
que je n'ai pas grand temps.

Finalement, je sens la vis céder. Maintenant, en travaillant rapidement et en ignorant la douleur, je dévisse la roue. J'arrive facilement, avec ma bonne main, à faire tomber la roue de son engrenage. Elle tombe sur mes cuisses.

Elle est toute rouillée, mais les dents sont très coupantes. J'attaque d'abord la corde qui me lie les poignets. Elle commence à céder. Ça marche!

Je la scie et je me libère. Mais comme je m'apprête à défaire les liens de mes chevilles, j'entends la porte grincer.

Je me recroqueville en ramenant ma tête sur ma poitrine. J'ai le cœur qui bat tellement fort que je suis sûre que Kristle peut l'entendre. Je retiens ma respiration.

— Mina? Mina? crie Kristle en s'avançant vers moi sur la pointe des pieds. Je t'ai trouvé une pompe. Hé! Tu dois te sentir mieux. Je ne t'entends plus respirer.

Quelque chose siffle dans l'air et me heurte le front. Je ne bronche pas. L'objet tombe sur mes cuisses. C'est une pompe.

— Mina? Ne fais pas l'imbécile. Je ne te fais pas confiance. Mina?

Kristle rampe vers moi. Entre mes doigts je tiens la petite roue dentée, les pics vers le haut. J'expire doucement par le nez et prends une autre inspiration silencieuse.

Kristle n'est plus qu'à quelques centimètres de moi. Je bondis, en tenant fermement la roue, les pics vers le haut, et frappe Kristle en plein visage. Puis je lui donne des coups de pied dans les chevilles. Gémissant de douleur et de rage, Kristle tombe par terre.

Je cherche à tâtons les liens de mes chevilles. En quelques secondes, je suis libérée. Et je me mets à courir.

24//Une chute
interminable

— C'est méchant ! hurle Kristle. Tellement méchant !

Je cours aveuglément, les mains devant mon visage. Je ne sens plus la douleur. Je n'ai même plus peur. Je fonce droit dans un mur, rebondis et repars en courant. Mais je n'arrive pas à trouver de poignée de porte.

Derrière moi, j'entends Kristle qui se relève.

— Je saigne ! dit-elle en pleurant. Je saigne vraiment, Mina ! Je ne vois rien !

Kristle est fâchée maintenant. Et ça veut dire qu'elle peut me faire du mal. Rien ne va plus !

Je longe le mur. Je sens un courant d'air frais qui m'indique une fissure. La porte est encastrée dans le mur. Elle est cachée ! Puis je me souviens de ce que m'a raconté Kristle sur la prohibition.

Je suis dans une pièce secrète. Pas étonnant que la police n'ait pas trouvé Camille!

Mais il y a une sortie, parce que Kristle l'a trouvée. Mes doigts se promènent le long de la fissure.

Kristle s'est relevée et hurle.

— Ma cheville! Elle est foulée! Ça fait mal! Tu ne peux pas sortir, alors laisse tomber.

Elle gémit.

Je trouve la porte. Un morceau de bois bouge sous mes doigts et je le fais basculer. Il y a un loquet! Je tire d'un coup sec et la porte bouge. Je tire vers moi. Je n'ai qu'à l'ouvrir de quelques centimètres. Je me faufile à l'extérieur.

— Hé! crie Kristle.

Je traverse une grande pièce vide. Dans les coins, j'aperçois des déchets entassés et des machines rouillées depuis longtemps. Les fenêtres sont encrassées, mais elles laissent passer suffisamment de lumière pour que je puisse voir. Le fleuve est à ma droite, ce qui veut dire que je me trouve à l'avant du bâtiment. Je devrais être en mesure de trouver une sortie ou au moins une fenêtre brisée pour sortir de là.

Kristle se déplace lentement à cause de sa cheville foulée. Mais elle sait où elle va et moi, non. Je m'interdis de regarder derrière moi pour ne pas me ralentir.

Puis je vois une porte dans le coin. On a placé un morceau de bois en travers de la poignée pour que personne ne puisse l'ouvrir de l'extérieur. Mais je l'enlève sans peine et j'ouvre la porte.

L'air est frais et je peux sentir l'odeur du fleuve tandis que je m'éloigne de l'usine. Mais où aller? Ces chemins sont déserts la nuit. La ville est loin. Kristle peut me traquer en quelques minutes.

Le fleuve. Il y a un barrage avec une écluse pour que les bateaux puissent passer sur le fleuve Hudson. Il y aura certainement quelqu'un, au moins un garde de sécurité. C'est ce que j'ai de mieux à faire. Et s'il n'y a personne, je sais que la végétation est abondante sur la rive. Ce sera plus facile de me cacher de Kristle.

Non sans glisser et tomber, j'arrive à descendre la côte, puis je traverse une vieille voie ferrée en direction de la berge. J'entends Kristle dévaler la côte derrière moi. J'arrive à grimper vers le barrage. D'en haut, je peux voir le mur en béton incliné du barrage et les chutes se jeter dans l'eau noire.

Je m'agrippe à la clôture, je me tiens sur le passage piétonnier, et je regarde en bas le canal qui a été construit pour permettre aux navires de circuler en contournant les chutes. Les écluses sont en dessous de moi. Si j'arrive à passer de l'autre côté de la clôture, je pourrai longer le passage piétonnier et me rendre au bâtiment où l'on contrôle le barrage. C'est risqué. Mais je n'ai pas le choix.

J'escalade la clôture et je bascule de l'autre côté. Je descends de peine et de misère en m'assurant de toujours garder un pied dans une maille. J'atterris en me tenant à la clôture. Du plus vite que je peux, je me dirige vers le bâtiment en ne lâchant pas la clôture. Je prie pour que Kristle prenne du retard en me cherchant dans les buissons sur la rive. Si j'ai de la chance, elle ne m'a pas vue.

Mais je n'ai pas de veine. Tout à coup, Kristle surgit de la noirceur et me fait sursauter. En lançant un cri de rage, elle se jette violemment sur la clôture. La secousse me fait perdre pied et je suis prise de panique tandis que j'oscille au-dessus du béton et de l'eau noire.

Mes doigts sont glissants de sueur, mais je dois trouver une autre prise. Kristle se lance encore violemment sur la clôture. La secousse est telle-ment forte que je me retrouve encore une fois suspendue dans les airs. Chacun de mes muscles se raidit pendant que je me concentre à ne pas lâcher prise.

Maintenant, Kristle pousse de profonds san-glots, et ses gémissements se transforment en hurlements quand elle se jette sur la clôture. Je prie pour que celle-ci ne cède pas. Je continue de marcher, tentant de m'accrocher du plus fort que je peux chaque fois qu'elle se jette sur la clôture.

Puis Kristle décide d'escalader la clôture, qui plie sous son poids. Je jette un coup d'œil aux gigantesques écluses, aux barrières en métal et à l'eau noire et froide qui se trouvent sous moi.

Puis je détourne mon regard vers le ciel.

« Le truc, c'est de ne pas regarder en bas. Ne regarde pas en arrière. Ne regarde pas en bas. Avance. »

J'avance. Kristle a franchi la moitié de la clôture. Elle se rapproche de moi. Je peux presque, en tendant la main, lui toucher.

Puis, dans le vacarme des chutes, j'entends quelqu'un crier.

— Kristle!

Kristle et moi restons figées. On regarde en bas, vers la berge. Une silhouette noire accourt vers nous. C'est Mick!

— Kristle! crie-t-il en courant sans s'arrêter. Ne fais pas ça! J'ai un message pour toi.

Elle se cramponne à la clôture. Sa joue est couverte de sang à cause du coup que je lui ai donné. Je l'ai blessée près de l'œil.

— C'est un message de Deva! lance Mick.

Kristle se colle contre la clôture. Elle passe ses doigts dans les trous et presse sa joue contre le métal. Elle tremble.

— Tu mens, murmure-t-elle.

Mais Mick ne peut l'entendre à cause du bruit des chutes. Il se tient sur le rebord de béton et s'avance vers elle. Il lui tend la main, la paume vers elle, comme pour lui dire qu'il ne lui fera pas de mal.

— Ne t'approche pas! crie-t-elle.

Mick s'arrête.

— Je suis allé lui parler, dit-il. Elle veut te voir. Elle sait tout, Kristle. Elle sait que tu veux être son amie. Elle sait que les choses se sont mal passées. Elle veut t'aider.

— Tu mens, dit Kristle en sanglotant.

Mick me regarde. Il me fait un signe qui veut dire : « Tout va bien maintenant. » Je me sens mieux, même si ce n'est pas vrai. Au moins, je ne suis plus seule.

— Allez, Kristle, dit Mick doucement. Tu ne veux pas faire de mal à Mina. Et Deva attend dans la voiture.

— C'est faux! crie Kristle.

Des larmes coulent sur son visage.

— Elle ne vient jamais! Et je...

Elle prend une longue inspiration, puis dit en sanglotant :

— J'ai... essayé... si fort!

— Kristle.

Mick parle calmement.

— Viens ici. Viens avec moi. Nous pouvons parler. Tous ensemble. Nous voulons discuter.

Kristle se tourne vers moi; à travers les mailles de la clôture en métal, ses yeux croisent les miens. Son regard est troublant, soudainement vide, comme celui d'un requin.

La lune miroite dans ses larmes.

— Tu es tellement méchante, me murmure-t-elle tout en regardant par-dessus mon épaule les lumières de l'autre côté du fleuve. Tout le monde est tellement... méchant.

Dans un élan, elle se balance en haut de la clôture. Elle oscille quelques instants, puis elle plonge dans le vide.

Je crie et je me colle contre la clôture. J'entends son corps se fracasser sur le béton. Puis, de longues secondes plus tard, j'entends un gros éclaboussement.

//Épilogue

Récupérer : a :///vie
(Journal de Mina Sterling Kurtz)

Ils ont trouvé son corps qui flottait en bas. J'étais dans l'ambulance, donc je ne l'ai pas vu. Mick non plus. Il était assis avec moi, tenant une couverture sur mes épaules. Elle ne cessait de glisser.

Mais quand je rêve à toute cette histoire — et j'y rêve toutes les nuits —, je vois son corps. Je suis là quand ils sortent Kristle du fleuve. Dans mon rêve, ils la bercent comme une enfant. Parfois, c'est moi qui la berce.

Je trouve ça vraiment étrange, parce qu'elle a tué ma meilleure amie. Et elle m'aurait tuée aussi si elle avait pu. Je crois. Parfois, je n'en suis pas si sûre.

Mes parents m'ont suggéré de voir un psychiatre. Mais je n'en ai pas besoin. Ils ne comprennent pas que j'ai besoin de revivre ces événements. Personne ne comprend, alors comment un psy pourrait-il comprendre?

Parfois, quand je me réveille la nuit en tremblant, je m'en veux d'avoir si peur. Je sais que je n'ai connu que le dixième de la peur qu'a dû connaître Camille. Elle est morte seule, terrorisée et blessée. Et je m'en suis sortie. Je n'ai pas sauvé Camille. Et je m'en suis sortie.

Je ne devrais pas dire que personne ne me comprend, parce que Mick me comprend. Il est pratiquement le seul dont je tolère la présence. On a passé au travers ensemble. S'il n'avait pas été là, je serais morte. Il m'a dit que ça l'a mis hors de lui quand il a vu le sang sur le mur du vestiaire. C'est là qu'il s'est aperçu que quelque chose n'allait pas. Il pensait avoir perdu la trace de Kristle sur l'autoroute, mais il a remarqué qu'un des feux arrière d'une voiture ne fonctionnait pas. Il a pensé que j'avais peut-être brisé le feu, et il a suivi cette voiture. Mais il a perdu de nouveau notre trace quand nous avons quitté l'autoroute. Il a cherché la voiture pendant deux heures. La police nous cherchait aussi. Mais c'est Mick qui m'a trouvée.

On ne parle pas beaucoup. Il m'a dit que si j'avais envie de parler, je n'avais qu'à parler et qu'il m'écouterait. On fait des choses quétaines, comme jouer aux cartes. Et Mick joue du piano pour moi. Je pensais qu'il ne jouait que de la guitare. Il a étudié le piano classique pendant huit ans et il est très bon. Il m'a acheté un disque compact de Mozart. Et on projette d'aller entendre un concert à Albany ensemble, ce qui est une drôle d'idée finalement.

Je pense beaucoup à Kristle. Je pense à tous les gens qui cherchent à se faire aimer, aux personnes qui croient qu'elles ne sont pas dignes d'être aimées. Et, d'une certaine manière, quand ces personnes ne reçoivent pas d'amour, elles deviennent peu attachantes. Et je me demande si je ne suis pas en train de faire en sorte que ça m'arrive.

J'ai perdu ma meilleure amie, puis je suis devenue amère et me suis mise à détester le monde entier. Je détestais la vie qu'elle avait sans moi. Je détestais tous ses nouveaux amis, même Mick, et je ne le connaissais même pas. Les railleries étaient devenues ma marque de commerce. J'aimais le goût du citron dans ma bouche. J'aimais sentir que j'étais la personne la plus futée, la meilleure. Peut-être même qu'une partie de moi aimait être méchante.

Mais plus maintenant. Je ne suis plus aussi sarcastique que j'avais l'habitude de l'être. Je ne ris plus des boutons de Doug ou des piètres talents d'Alex au basket-ball. Les mots font mal, vous savez. Et c'est comme si ma peau était sensible même à une personne qui élève la voix, qui lance une méchanceté.